Ami Badel

Réflexions médico-théologiques sur la confession

Ami Badel

Réflexions médico-théologiques sur la confession

Réimpression inchangée de l'édition originale de 1838.

1ère édition 2024 | ISBN: 978-3-38509-253-2

Verlag (Éditeur): Outlook Verlag GmbH, Zeilweg 44, 60439 Frankfurt, Deutschland
Vertretungsberechtigt (Représentant autorisé): E. Roepke, Zeilweg 44, 60439 Frankfurt, Deutschland
Druck (Imprimerie): Libri Plureos GmbH, Friedensallee 273, 22763 Hamburg, Deutschland

RÉFLEXIONS

MÉDICO-THÉOLOGIQUES

sur la confession.

RÉFLEXIONS

MÉDICO-THÉOLOGIQUES

SUR

LA CONFESSION,

Par

Le D.ʳ A. B.,

DE L'ACADÉMIE DE PARIS, EX-MÉDECIN DU GOUVERNEMENT;
DE LA SOCIÉTÉ PHILANTHROPIQUE P.ᵗᵉ DE LA MÊME VILLE,
DE SON CERCLE MÉDICAL, etc.

Dédié

Aux Hommes de toutes les Communions, qui, de bonne foi, recherchent la vérité dans l'intérêt des Peuples.

NANTUA,

IMPRIMERIE D'AUGUSTE ARÊNE, LIBRAIRE.

—

1838.

Au Lecteur.

—

En publiant ces réflexions, je n'ai pas eu l'intention de blesser aucune opinion, et encore moins de m'opposer à la croyance religieuse de qui que ce soit. Je conserve l'espoir que les personnes dont les opinions et la croyance religieuses se trouvent en opposition avec cet écrit, voudront bien oublier son imperfection pour n'entrevoir que les vues qui l'ont dicté.

N'ayant pas eu par-devers moi le grand nombre d'ouvrages de théologie dont j'avais besoin, je saisis avec empressement cette circonstance pour adresser ici mes remerciments à M. le respectable curé Delajoux, de Pougny, dont la bibliothèque a été mise par lui à ma disposition avec une obligeance toute particulière.

PRÉFACE

DE L'ÉDITEUR.

POUR peu que l'on connaisse le siècle actuel, il est aisé de voir que les intelligences élevées de chaque religion, prises en dehors du catholicisme, sans excepter même le philosophisme, entraînées par une force irrésistible semblent graviter vers l'unité. Elle est le premier cri, le premier acte de désir partout où l'esprit échappe aux préjugés de secte ou de parti, partout où il aspire à reconstituer la vie morale et religieuse dans l'homme et dans la société. Dans la philosophie, dans la politique, dans les lettres, dans les sciences, le travail du dix-neuvième siècle tend à cette fin. (1) La force de

(1) Des professeurs de la célèbre université de Cambridge disaient, il y a quelque temps à un écrivain honorablement connu dans le monde littéraire, que les points de dissidence entre l'église anglicane et l'église romaine s'effaçaient chaque jour de plus en plus de leur esprit, et que bientôt il n'y aurait pas un seul homme vraiment éclairé dans les universités d'Angleterre, qui ne comprît la nécessité radicale d'un pouvoir enseignant, visible, central, un et définitif en ma-

ce mouvement a pour but 1° d'accroître la dissolution, la division et l'anarchie au sein des religions, des sectes, des sociétés qui ne possèdent pas l'unité; 2° d'attirer insensiblement vers la seule unité *constituée* et *constituable* toutes les intelligences qui se lassent et de vaines recherches, et de stériles utopies, et de tant de systèmes soit en morale, soit en religion, soit en politique, enfantés depuis quatre-vingts ans et qui tous ont avorté sans pouvoir recevoir ombre de vie.

Cette double tendance de notre époque ne saurait échapper aux esprits les moins clairvoyants. Dans toute l'Europe civilisée, la subdivision dans la philosophie, dans la science et dans la littérature ne peut pas être dépassée. Quant à la politique, tout le monde connaît sa subdivision indéfinie. Quoique touchant à des intérêts palpables et plus susceptibles de rallier les masses, elle se voit réduite, dans les pays constitutionnels, à l'impuissance de constituer des majorités parlementaires.

Hors du catholicisme, il n'est pas une seule religion qui ne soit frappée au cœur par la divi-

tière de religion. Les hommes les plus éclairés de l'Allemagne protestante font le même aveu, et tout annonce que la science, devenue *consciencieuse*, de *voltairienne* et de *sceptique* qu'elle était naguère, ne tardera pas à devenir romaine.

sion, l'anarchie ou le despotisme. Il est vrai qu'en Prusse le gouvernement a voulu établir l'unité de culte, et unir les luthériens avec les calvinistes : ils ont obéi, mais, a dit un célèbre philosophe de Berlin (Hegel), *ils se sont unis dans la nullité.*

L'état actuel du protestantisme dans les divers pays où il est dominant doit frapper les yeux de tout observateur instruit et éclairé. Ayant à peine conservé quelques vestiges de la doctrine qu'enseignèrent ses fondateurs, les protestants de nos jours se partagent en trois classes bien distinctes: les uns se lancent dans le socianisme ou l'indifférence religieuse, premier fruit, soit dernière conséquence de la sudvision indéfinie des sectes; les autres, moins aveugles peut-être et assurément plus réfléchis, essaient de paralyser, de neutraliser les progrès du rationalisme en se rapprochant de l'unité catholique, sans devenir eux-mêmes catholiques. Tous leurs efforts n'aboutissent qu'au mysticisme ou à enfanter certaines extravagances des piétistes et des méthodistes. Enfin, il y en a qui reviennent au catholicisme par une conversion sincère, fruit de cette conviction profonde qu'ont produit dans leur cœur cet état de fluctuation de leurs frères et une étude approfondie du catholicisme où ils trouvent paix et bonheur, et tous les éléments nécessaires pour asseoir leurs jugements et fixer leur esprit.

D'après la direction des études historiques en France et en Allemagne, d'après la réaction qui s'opère dans l'église anglicane, on ne peut nier les sérieuses modifications qui se réalisent déjà dans le protestantisme. Un retour à l'unité catholique a été fait par un grand nombre d'hommes les plus éclairés, parmi les plus hautes intelligences de ce siècle. Il suffit, pour s'en convaincre, de lire un ouvrage intitulé : *Tableau général des principales conversions qui ont eu lieu parmi les protestants depuis le commencement du dix-neuvième siècle*. L'unité étant le besoin nécessaire de l'époque, comme de l'humanité, le triomphe plus ou moins éloigné, plus ou moins difficile du catholicisme, est dans les nécessités de l'époque. Le protestantisme ayant donné la main au philosophisme qui lui devait déjà et sa vie et ses succès, (1) il est naturel qu'il possède pour lui les

(1) Il est de fait qu'avant la réforme on ne connaissait guère d'incrédules dans le monde ; il est de fait qu'ils sont sortis en foule de son sein. Ce fût dans les écrits de *Herbert*, de *Hobbes*, *Bloum*, *Schaftburg*, *Bolinbroke*, *Bayle*, etc., que Voltaire et les siens puisèrent les objections et les erreurs qu'ils ont si généralement mises en vogue. Selon Diderot et d'Alembert, le premier pas que fait le catholique indocile est

sympathies ou les croyances des gouvernements
modernes que la philosophie a créés. Mais le catholicisme ne s'effraie point de ce prétendu triomphe,
de ces avantages éphémères. Tout affligé qu'il est,
il marche calme et confiant sur la foi de Dieu et de
la puissance permanente et invincible des idées.

Cet état de choses peut durer quelque temps
encore parce que les esprits sont engourdis par
les passions, les préjugés de secte ou de parti et par
des utopies qui flattent l'imagination. Mais, à
mesure que les gouvernements comprendront
mieux leurs intérêts et les conditions légitimes

d'adopter la maxime protestante du *sens privé*. Il s'établit juge
de sa religion, la quitte et prend parti pour la réforme. Mé-
content des doctrines incohérentes qu'il y rencontre, il passe
à celle des sociniens, dont les inconséquences le poussent
bientôt au déïsme; encore poursuivi par des difficultés
inattendues, il se jette dans le doute universel où ne trouvant
que malaise, il se résout enfin au dernier pas, et va terminer
la longue chaîne de ses erreurs dans l'athéïsme. N'oublions
pas que le premier anneau de cette chaîne funeste tient à la
maxime fondamentale du *sens privé*. Il est donc historique-
ment vrai que le même principe qui créa le protestantisme,
il y a trois siècles, et n'a cessé depuis de l'exténuer en mille
sectes différentes, a fini par couvrir l'Europe de cette multitude d'incrédules qui la mettent aujourd'hui à deux doigts
de sa perte. Ainsi, dès que les sectes enfantent l'incrédulité,
et par elle les révolutions, il est clair que le salut politique
des états ne se trouvera que dans le retour à *l'unité religieuse*.

de la stabilité des trônes, à mesure que les peuples s'affranchiront de l'ignorance et des préjugés, à mesure que la philosophie et la science subiront les tristes épreuves de tous les faux systèmes, à mesure que de nouvelles perturbations feront de plus en plus vivement sentir la nécessité de l'instruction religieuse dans toutes les classes de la société, alors on cherchera à constituer au sein des sociétés *l'unité morale*; alors l'œuvre de Dieu s'accomplira; alors les gouvernements, les peuples, les philosophes, les savants dirigeront leurs regards vers la seule autorité établie sur la terre pour représenter et faire régner la vérité et la justice. (1)

(1) Voir à cet égard les *éléments de philosophie catholique* par M. l'abbé Combalot, ouvrage dans lequel l'auteur prouve que le catholicisme, qui s'établit par tous les genres de preuves, est le principe générateur de la science, de la vraie liberté, des beaux arts, de la gloire, de la civilisation, de l'agriculture, de l'industrie et du commerce, en un mot, de tous les genres de prospérité même matérielle. Son triomphe sur le monde moral donnerait à sa prospérité temporelle son plus haut degré de splendeur, parce que ne faisant de l'univers tout entier qu'une grande famille, riche de sa foi, de sa science, de sa gloire, de sa liberté et de son amour, l'arbre de la vie humaine porterait tous les fruits qu'il peut donner, et s'avançant vers une félicité éternelle, l'humanité jouirait sans danger et sans égoïsme, d'un bonheur terrestre aussi complet qu'il peut le devenir.

Au milieu de ce travail actuel des intelligences préoccupées du bouleversement général de toutes les idées en Europe, auquel le catholicisme seul peut mettre un frein par sa mission divine et par l'invariabilité de ses principes (1), nous voyons avec plaisir un savant médecin protestant, ami de la vérité, ennemi de cette fausse philosophie dont Jean-Jacques Rousseau, son compatriote, a si bien fait justice dans plusieurs endroits de ses écrits ; nous le voyons, dis-je, adopter en vrai philosophe, pour principe de certitude humaine, *de tenir pour certain ce qui a été cru en tous lieux, en tous temps et par tous,* s'affranchir en conséquence des préjugés de secte, n'écouter que ses convic-

(1) Tout bon catholique, tout esprit qui recherche la vérité sans prévention admirera la sagesse du jugement du chef de l'église (Grégoire XVI), qui, dans son encyclique adressée aux évêques du monde catholique, en date du 15 août 1832, a flétri la liberté illimitée de la presse et la liberté illimitée de conscience, c'est-à-dire *la liberté de conscience dogmatique et intérieure,* fondée sur la négation de toute vérité, et qui découle de la source infecte de l'indifférentisme; et la *liberté illimitée* de la presse, qui est le droit *radical* d'outrager Dieu et la vérité, que s'arrogent les impies, selon laquelle on ne reconnaît sur la terre aucun juge infaillible des doctrines, et qui repousse la censure religieuse et catholique au même titre que la censure arbitraire des gouvernements de la terre.

tions, la voix de sa conscience et de son cœur
et rendre ainsi hommage à un dogme catholique
des plus importants, contre lequel l'hérésie, l'impiété, l'orgueil se sont le plus élevés, et qui
met un des principaux obstacles, chez tant de
chrétiens de toutes les communions, à écouter la
voix de l'église leur mère.

Nous espérons que ces *réflexions sur la confession* seront accueillies favorablement par les
amis de la religion et particulièrement par ceux
que leur état et leur zèle portent à enseigner et à
défendre la vérité. On ne saurait trop s'occuper
de cette matière importante, puisqu'il s'agit de
l'unique moyen établi par J.-C. pour réconcilier
le pécheur avec le ciel. Ces réflexions sont le
fruit des méditations de l'auteur : il les a jetées
à la hâte sur le papier dans des moments de loi-
sir, et n'a consenti à les laisser livrer à l'impression que sur la sollicitation expresse et réitérée
d'un de ses amis qui a fait une espèce de vio-
lence à son cœur, en le persuadant qu'elles pour-
raient être utiles, faire quelque bien à la cause
de la religion qui est celle des peuples, fournir
un nouveau genre de preuves aux orateurs sacrés, et porter d'autres plumes à réveiller, à réchauffer dans le cœur des hommes cette douce
croyance au sacrement de la réconciliation qui

est la seule planche de salut que Dieu offre au pécheur après le naufrage.

Nous regrettons vivement qu'une cruelle maladie occasionnée par une application trop suivie à des études longues et sérieuses, et par des méditations profondes sur des sujets plus ou moins abstraits, ait empêché l'auteur de faire jouir le public du fruit de ses travaux en faveur de la science et de l'humanité. A en juger par ses manuscrits que nous avons lus, et par des morceaux remarquables sous le rapport littéraire et marqués au coin du bon goût qui ont été publiés dans les journaux, nous avons l'espoir bien fondé que ce docteur éclairé que le catholicisme appelle de tous ses vœux, va employer à la défense de la religion ses connaissances variées et approfondies sur la philosophie, l'histoire, la médecine, la physiologie, les sciences morales, l'économie politique, etc., etc., et qu'il poursuivra la noble carrière qu'il a commencée en débutant par ces *Réflexions* que de profonds théologiens ont jugées avec nous très-propres à fournir de nouvelles preuves en faveur de ce dogme, et à le venger des attaques de tous genres dont il est l'objet. Quoique toutes les sciences viennent au secours de la religion, on ne s'attendait guère que la méde-

**

cine traitée par une main protestante viendrait fournir des armes pour sa défense.

Nous nous sommes chargés d'autant plus volontiers de donner de la publicité à ces considérations sur la confession que, connaissant particulièrement les bonnes vues de l'auteur, nous avons cru dans notre conscience et dans notre conviction qu'un écrit de ce genre était propre à détruire beaucoup de préventions (ce qui est déjà un bien); que sa forme, la bonne foi de l'auteur et le style même pouvaient engager à cette lecture plusieurs de nos frères séparés qui, peut-être, auraient eu de la répugnance à lire un ouvrage sorti d'une plume catholique. Nous n'avons rien changé dans *ces Réflexions*: en cela nous nous sommes fait un devoir de respecter la volonté expresse de l'auteur. Néanmoins nous avons cru qu'il fallait accompagner l'ouvrage de quelques notes catholiques, parce qu'il nous a paru destiné à toutes sortes de lecteurs. Ces notes ont été puisées dans des sources pures, et extraites en partie d'auteurs qui font autorité.

Nous avertissons le lecteur que cet écrit est principalement destiné aux hommes de conviction qui recherchant avant tout la vérité, s'en tiennent au fond, et laissent passer quelques défauts de style ou de diction, qui sont assez or-

dinaires dans les études sérieuses. C'est un lan-
gage biblique communément en usage dans les
livres qui traitent de la religion chez les protestants. Quelques lecteurs seront peut-être sur-
pris de ne pas voir les citations des auteurs à
l'appui de tout ce que nous avons avancé; mais
il nous a semblé que dans un ouvrage de ce
genre, il était inutile de se livrer à un vain éta-
lage d'érudition. L'observateur catholique, sage
et éclairé, qui est à même de connaître l'état actuel des esprits, saura sans doute apprécier le
mérite de la spécialité de cet opuscule et rendra
justice aux motifs qui nous ont dirigé.

Dans cette entreprise, nos intentions ont été
pures et dégagées de tout motif d'intérêt personnel: nous avons cru devoir céder au besoin de
servir la religion et la foi, suivant les faibles
moyens que la divine providence nous a confiés;
nous pourrions invoquer pour nous l'expérience,
ayant passé presque toute notre vie au milieu
des protestants avec lesquels nous avons eu des
relations conformes à l'esprit de notre ministère,
et nous nous plaisons à rendre hommage à la délicatesse et à la franchise des sentiments de la plupart.

Nous ne croyons pas nécessaire de prévenir le
lecteur que dans toutes nos discussions avec nos

frères séparés, notre intention est de nous en prendre seulement aux doctrines et jamais aux personnes envers lesquelles nous espérons être toujours animés des sentiments si recommandés par l'apôtre de la charité. D'ailleurs notre devise est et sera toujours cet ancien axiome : « *In principiis unitas, in dubiis libertas, in omnibus charitas.* » (1)

(1) Nous déclarons que notre pensée n'a jamais été de tracer un seul mot qui pût offenser ou déplaire. Dans un écrit de ce genre, il est impossible de satisfaire à toutes les exigences. L'homme faible s'indigne de la vérité et la repousse; mais l'homme à conviction l'honore et l'embrasse. S'il ne la trouve pas dans ce qu'on lui présente, il n'en estime pas moins celui qui croit la lui avoir exposée dans l'unique dessein de lui être utile. Il saura, nous l'espérons, distinguer cette publication d'autres productions ou plutôt *spéculations,* qui ne doivent leur mérite et leur succès qu'au journalisme industriel. Il n'y a rien dans cet écrit, dépositaire de nos pensées, qui ne soit conforme à la foi et à l'enseignement de l'Eglise. Nous ne présentons point comme *autorité supérieure,* la science humaine que nous appelons en témoignage d'une vérité de la religion, mais seulement comme un hommage accessoire, volontaire ou involontaire, rendu au *dogme réconciliateur.* En faisant ressortir les bienfaits de la confession en faveur de l'humanité, notre but n'a été que de mieux faire éclater, aux yeux des esprits les plus prévenus, la sagesse de cette institution de J. C.

RÉFLEXIONS

MÉDICO - THÉOLOGIQUES

SUR LA CONFESSION.

———◇✦◇———

L'HOMME qui consacre sa vie à l'humanité, qui a pour but constant le soulagement des maux sans nombre qui accablent la société, doit, outre son art immense, n'être étranger à aucune des connaissances qui sont le partage de chaque classe. Si la médecine a sa partie légale, la jurisprudence, la théologie ont aussi leur côté médical qui doit attirer son attention. Toutes les autres sciences, les arts libéraux, les arts et métiers, tout ce qui occupe dans un pays l'intelligence des populations, depuis le plus élevé jusqu'au moindre degré, doit avoir été par le médecin, non étudié à fond, la chose est impossible, mais suffisamment passé en revue pour lui permettre d'y glaner au besoin, selon le rapprochement qu'il peut y voir, dans l'intérêt d'un art pour lequel son existence suffit à peine.

Personne n'ignore que, dans l'art de guérir, l'étiologie n'en soit une partie essentielle; il faut donc que celui qui s'y livre, puisse fouiller en tout et partout, afin de trouver, entre les différentes matières et ceux qui s'en occupent, les causes de leurs maladies, et même les moyens de les en garantir.

Un auteur a comparé l'âme et le corps à un habit et à sa doublure ; on ne peut, dit-il, chiffonner l'un sans chiffonner aussi l'autre. Ce tout, si compliqué, composé de deux parties si différentes et pourtant si visiblement unies par la susceptibilité qu'elles présentent dans leur influence réciproque, doit en entier fixer les regards du physiologiste (1). Par conséquent les moyens moraux, quels qu'ils soient, de modifier l'un pour le guérir, doivent rentrer dans la compétence de celui qui, aux yeux du peuple, n'est ordinairement sensé ne s'occuper que des remèdes propres à guérir l'autre.

Depuis la découverte de tant de remèdes rationnels ou secrets, de l'expérimentation desquels se sont occupés et s'occupent chaque année les hommes les plus éclairés, les maux sous le poids desquels se trouve le peuple, sont-ils moins nombreux, moins incurables dans beaucoup de cas ? Sans doute, il y a amélioration sensible : mais est-elle en rapport avec les travaux faits à ce sujet. Le tableau qu'offrent les divers hôpitaux de l'Europe n'est pas non plus satisfaisant, le nombre en est plus grand, les lits en sont ordinairement tous occupés.

Il y a donc une source unique, principale à tant d'afflictions, c'est elle qu'il importe d'attaquer. Cette source ne provient-elle point d'une vie non-seulement inconsidérée le plus fréquemment, mais encore, je puis dire trop souvent irrégulière. Cette irrégularité dans l'existence du peuple cesserait, ou s'affaiblirait, si chaque membre était plus religieux (2): car alors, dans ses loisirs, il pren-

(1) Lisez Cabanis sur ce sujet.

(2) D'autres médecins, dans ce but, ont aussi cherché à établir un rapprochement entre la médecine et la religion, et, en particulier, M. Scotti dans un ouvrage intitulé: CATECHISMO, OSSIA SVILUPPO DELLE DOCTRINE CHE CONCILIANO LA RELIGIONE COLLO MEDECINA.

drait plus de plaisir à quelque lecture édifiante, au lieu de se livrer à des réjouissances tumultueuses, quelquefois désordonnées, ou du moins en s'y livrant, il y apporterait plus de réserve.

Il serait plus religieux, par des rapports plus fréquents avec son pasteur respectif. Or, ces rapports ne peuvent mieux s'établir d'une manière assez particulière pour devenir vraiment utiles, que par les entretiens efficaces qui naissent de la confession. Donc celle-ci est utile en quelque manière pour parer, chez tous les peuples, à cette source principale.

Ainsi, quoique né et élevé dans une religion où la confession a été abolie, il ne paraîtra pas étrange aux yeux des personnes éclairées, que dans ma conviction, et dans le seul but de trouver, quelle qu'en soit la source, le moyen d'améliorer le sort des populations, j'ai essayé de toucher un sujet que je n'effleure ici qu'à la hâte, afin d'atténuer la prévention que ce mot entraîne dans l'esprit de beaucoup de personnes, et de diminuer la répugnance qu'on peut avoir pour la chose. Je l'ai fait d'autant plus volontiers, que la marche de l'esprit humain dans ce siècle, tend à saisir tout ce qui peut hâter l'amélioration du sort de l'espèce humaine.

Je ne crains pas d'ajouter, sans être démenti, que beaucoup de médecins de communion différente entrevoient le sujet que je traite sous le même point de vue que moi. Il est trop évident que l'état physique s'améliore par l'intégrité de celui du moral, pour qu'il soit utile de faire ici une digression scientifique : la chose est si vraie, que, soit dans la société, soit dans les hôpitaux, les sujets dont les maladies sont le moins mortelles, ou suivent une marche plus régulière, qui tendent plus facilement à

la guérison, sont tous ceux qui ont l'habitude de remplir leurs devoirs de religion avec plus d'exactitude. Plusieurs médecins protestants même, dans leur pratique, ont
été frappés de ces résultats. (1)

Je m'estimerais heureux si je pouvais, par cet essai, déterminer une plume plus exercée que la mienne à porter
dans l'esprit des populations une conviction plus grande
sur une pratique qui dérive si évidemment de la religion,
qui, elle-même, est utile à tout, puisqu'elle sert non-seulement à la vie à venir, mais encore à la vie présente.

(1) M. le docteur Coindet, aussi distingué par ses qualités morales
que par ses lumières, termine de la manière suivante son rapport
sur une épidémie qu'il eût à traiter dans une commune catholique, à
quelques lieues de Genève:

« Les soins que j'ai été dans le cas de donner à la commune d'A..,
» dit-il, m'ont mis à portée de vérifier encore, et d'une manière plus
» générale, une observation que j'avais déjà faite assez souvent sur le bon
» effet des sentiments religieux dans le cours des maladies graves.
» Les malades qui en sont animés, sont généralement plus résignés, plus
» calmes, plus traitables, et par conséquent ils opposent moins d'obstacles
» à l'efficacité des remèdes. J'ai aussi vu avec attendrissement, même
» avec admiration, les soins généreux et infatigables que le Pasteur
» du lieu prodiguait à ses paroissiens, etc. » (NOTE DE L'ÉDITEUR.)

CONSIDÉRATIONS PRÉLIMINAIRES.

LA confession paraît être pour l'homme un besoin véritable, puisque, dès l'enfance, il aime à conter ses peines et ses plaisirs ; il ressent aussi ce besoin par rapport à ses fautes. Le fils cherche en son père un appui pour son jeune cœur qui souffre d'une mauvaise action. Les sœurs, les frères entr'eux, deux amis, tous se consolent ensemble, se soulagent par une confiance mutuelle. Ils cherchent le moment où, seuls, ils pourront, en sûreté, se dire tout ce qu'ils ont fait, ou ce qu'ils ont à faire. Le criminel ne peut résister à cette puissance intérieure qui le presse d'avouer son crime ; l'enfant ne peut rien garder, et les grands hommes goûtent le plaisir d'épancher leur âme par des confessions ou mémoires.

La confession est donc naturelle à l'être doué de raison ; non-seulement elle fait éprouver du soulagement, mais encore elle honore l'homme, parce qu'elle exige un courage particulier, et qu'il est plus beau d'avouer ses fautes que de les tenir cachées ; elle prouve la noblesse du cœur de celui qui le fait sans réserve ; il est alors digne d'un pardon qu'il recevra avec une protection particulière.

Heureux celui qui ne craint pas d'avouer ses torts ; au jour de l'adversité il ne sera pas seul dans son malheur, il aura l'appui de Dieu, et pourra se rappeler avec confiance ces paroles du Christ : *Reposez-vous sur moi de tout ce qui peut vous inquiéter.* Ce sont là les paroles d'un tendre père pour tous les pécheurs qui se repentent sincèrement, et qui cherchent, avec ardeur, à faire oublier leurs fautes en observant avec soin tous ses commandements.

Les hommes qui auront su faire leurs délices des devoirs de la religion, auront l'estime de leurs semblables, et l'exemple salutaire qu'ils auront donné à leurs frères, en travaillant sans relâohe à se sanctifier, leur vaudra les récompenses célestes.

Au jour des maladies, ils pourront, sans crainte, se rapprocher de Dieu, recevoir avec joie la visite de ses ministres pour en réclamer les consolations qu'ils ont lieu d'en attendre. Ils auront l'immense avantage de pouvoir envisager la mort sans la craindre, de remplir leurs derniers devoirs sans appréhender. Forts d'eux-mêmes, ils arriveront dans le sein des félicités avec cette joie que donne toujours la pureté du cœur, l'accomplissement des vertus chrétiennes.

Quant à l'autorité sur laquelle repose la confession, l'on ne peut la révoquer en doute. Elle est suffisamment recommandée par l'Evangile ; J.-C., d'une manière positive, a dit à ses disciples : *les péchés seront retenus ou remis à tous ceux à qui vous les remettrez ou retiendrez.* Ceux que saint Jean baptisaient confessaient leurs péchés. (Chap. 3 de saint Mathieu, v. 6, et chap. 1 de saint Jean, v. 5).

Pour remettre ou retenir les péchés, il faut les connaître, ce qui ne peut avoir lieu que par leur aveu. Or, l'on ne peut supposer que J.-C. et ses apôtres voulussent que les personnes du sexe vinssent devant la multitude dire le secret de leur conscience ; que les maris derrière lesquels, dans l'assemblée des fidèles, les femmes ou les enfants eussent pu se trouver, fissent le compte de leurs égarements ou de leurs désordres. C'eut été prendre plaisir à gâter les ménages, à brouiller les familles entières, à détruire le respect de celles-ci pour leur chef, à anéantir tout ordre social, à faire connaître aux innocents qui eussent

pu encore se trouver présents, des choses qui n'eussent jamais
dû frapper leurs oreilles dans le sanctuaire de l'Éternel.
C'eut enfin été un véritable scandale dont on ne saurait
imaginer que les douze disciples de J.-C. se constituassent
les apôtres. Reste donc la confidence auriculaire qui est
ainsi d'une manière manifeste recommandée par le code
divin.

Or, si ce code est celui que l'on veut suivre, l'on ne peut
se refuser à ce qu'il prescrit aussi clairement. Ce ne peut
donc pas être la confession que l'on rejette. Est-ce donc la
compression qu'elle peut exercer sur les penchants, l'orgueil
qui n'en souffre l'aveu qu'avec peine? sont-ce les abus auxquels on a ainsi voulu remédier? Il est de l'esprit de
beaucoup d'hommes d'en découvrir dans tout ce qu'ils
n'aiment pas, de trouver des obstacles à tout ce qui ne
rentre pas dans leurs inclinations. Alors rien n'est à admettre
sur cette terre, tout y est à rejeter; car où trouver une
institution sans abus.

Si un pasteur était indigne de remplir les hautes fonctions
sacerdotales qu'impose à tous les ministres du Très-Haut
leur mission spirituelle, cesserait-on d'entourer de vénération et d'amour ceux qui, par leurs qualités et leurs
vertus, inspirent par leur seule présence la considération
et le respect? Parce qu'il s'est parfois trouvé des médecins
qui, sans lumières, ont prostitué l'art de guérir jusqu'au
charlatanisme, des pharmaciens qui ont failli donner la
mort par des méprises sur l'exécution des formules, se
prive-t-on d'appeler le premier et de prendre avec confiance
les médicaments qui sortent de l'officine du second.

De ce qu'il s'est rencontré des juges prévaricateurs, des
avocats sans délicatesse, n'a-t-on plus recours aux uns et
aux autres pour la défense de ses plus chers intérêts.

Parce que des notaires ont ruiné subitement des familles entières, ou compromis l'avenir de quelques particuliers par l'inexactitude de leurs actes, pour ne rien dire de plus, cesse-t-on de les rendre dépositaires des titres les plus importants.

Il est juste, sans contredit, de détruire ce qui offre plus de mal que de bien ; mais il ne l'est pas pour ce qui offre des avantages réels et fort peu d'abus, parce qu'on peut remédier à ces derniers sans pouvoir trouver ailleurs les mêmes avantages.

Ici, d'ailleurs, les abus sont illusoires : s'il y en a eu, la marche de l'esprit humain, les progrès de la civilisation, ainsi que les soins pris à cet égard depuis long-temps par les gouvernements et le clergé lui-même, en ont fait justice. Mais ce ne sont pas eux que peut craindre le protestantisme, car ce serait porter atteinte à la confiance qu'il doit avoir en ses ministres ; ce serait suspecter leur responsabilité morale, ce qui ne peut entrer dans le cerveau de qui que ce soit de raisonnable.

Ce ne peut pas être cette prétendue compression que l'on verrait de mauvais œil dans la seule crainte de déplaire au peuple ; car elle n'est qu'imaginaire. Elle ne serait redoutable, d'ailleurs, que par la terreur dont on pourrait chercher à pénétrer les âmes : or, ce n'est pas le moyen mis en usage dans cette pratique, où, plus que dans toute autre, il est important pour la religion de ne marcher qu'avec une connaissance profonde de ce cœur humain, si difficile à manier. Les différents états du moral, les nuances variées où se trouve le cœur dans les diverses conduites que tient l'homme, sont pour ainsi dire comme les nuances infinies des maladies du corps : on ne peut s'en approcher qu'avec précaution. Elles doivent être attaquées

par des moyens fort différents, quoique appartenant au
même ordre, et présentant en apparence le même type.
La grande sévérité, les reproches amers en général, éloi-
gnent, ne produisent rien, ou presque rien chez la majorité. L'aménité, au contraire, entraîne, captive toujours.
On ne saurait arriver à une compression efficace qu'en
la rendant douce ; on ne peut la rendre douce, qu'en
procédant d'une manière graduée pour la rendre insensible.

Dans ces entretiens secrets, les chrétiens qui en sont
privés apprendront du moins à voir la religion, non
comme ils se la représentent quelquefois, et trop souvent
peut-être, mais telle qu'elle est réellement, pleine de
douceur, de bonté ; ils entendront mieux que dans toute
autre circonstance les accents de l'indulgence, de la miséricorde. Ils se sentiront pénétrés de paroles où se pein-
dront la douce paix de l'âme, l'intérêt dont ils sont l'objet. Ils en éprouveront l'influence agréable, comme d'une
émanation que la divinité leur transmettra par l'organe
de ses ministres. Alors la frayeur qui les animait, la crainte
qui les agitait se dissipera, en voyant que réellement, dans
cette religion sainte, *il y a dans le ciel plus de joie pour
un bon cœur qui s'amende et revient sincèrement de ses fautes que pour quatre-vingt-dix-neuf justes qui n'ont jamais
succombé.*

*Si nous confessons nos péchés, Dieu est bon et juste pour
nous les pardonner.* (St-Jean, épître, chap. 1. v. 9.). Et ailleurs il est dit : *Confessez-vous les uns les autres,* etc., etc.
Il n'est pas probable que les inspirés du St-Esprit enten-
dissent que l'on dû le faire auprès du premier venu ; il
serait peu raisonnable de le supposer. Ce ne peut être qu'auprès de personnages que l'éducation et les lumières ren-
dent capables d'enseigner l'évangile, de rappeler au
besoin les devoirs qu'il impose.

Or, un aveu, une confidence suppose le besoin, le désir de trouver un appui quelconque, d'obtenir des moyens de direction ou de rémission, lesquels ne peuvent être réclamés qu'auprès de ceux qui se trouvent publiquement reconnus au sein de la société pour en remplir la mission. C'est donc, dans toutes les religions, auprès des personnes chargées des offices sacerdotaux que la chose doit avoir lieu.

Ouvrez l'histoire ecclésiastique et tous les écrits qui s'y rapportent. St-Cyprien, Lactance, St-Ambroise, Origène, etc., etc. (1) Partout il est question de la confession faite au prêtre du seigneur, pour obtenir la rémission ; que le moyen de rentrer en grâce avec l'éternel, est d'ouvrir son âme aux ministres de la religion, de chercher le remède à ses fautes ; que la véritable église est celle qui guérit les maladies de *l'âme par la confession et la pénitence.*

Les anciens, en se servant des mots *confessio, gratiarum actio.* (Aveu, confidence), n'ont pas pu davantage entendre la confession publique ; ils ne paraissent pas avoir été plus qu'ailleurs partisans du scandale.

En lisant sérieusement ce qui, à cet égard, a pu être dit, il faut dans l'intérêt de la vérité faire ses efforts pour se dépouiller de toute espèce de partialité, afin de se trouver dans cet état moral particulier par lequel l'homme jouit de la faculté de chercher ce qui est bon, même dans les choses pour lesquelles il éprouve de l'aversion, pour peser avec un égal sang-froid, sur tous les sujets possibles, les opinions de tous et les siennes.

On a dit quelquefois : pour quelle raison se confesser à des hommes comme nous : ce qui n'est pas juste, car les

(1) Voyez, à la fin de l'ouvrage, les pièces citées à l'appui par l'éditeur.

pasteurs de toutes les religions sont des sujets d'une instruction supérieure, dressés de bonne heure à la vertu
dans des académies particulières et qui présentent à la société et à leur gouvernement toute la solidarité qu'ils exigent
d'eux. Ce sont des hommes qui s'occupent sans cesse de
leurs devoirs et de Dieu lui-même, tandisque dans le
monde, on est occupé trop souvent à flatter ses goûts, ses
penchants, par des excès d'où naissent des maladies au-
dessus des ressources de la médecine, dont on ne laisse
pas de se plaindre, en s'armant contre une impuissance
qui ne vient, du moins fort souvent, que du relâchement
pour les sentiments religieux. Mais si J.-C., si l'Homme-
Dieu était encore ici-bas, l'on ne craindrait probablement
point de déposer dans son sein l'aveu de ses fautes. Eh
bien ! on le fera encore à *lui-même* et à *son père ;* car il
sera présent au moment de l'action ; la seule différence est
la personne sacrée qui sert d'intermédiaire. (1)

(1) Et d'ailleurs, avec quelle confiance ne doit-on pas recourir à cette pré-
cieuse ressource, quand l'on est assuré d'un secret impénétrable sur le
développement de ses misères. C'est une chose inouïe que le secret de la confession ait jamais été trahi et divulgué. Indépendamment des lois qui le pres-
crivent et des sentiments de religion, de probité et d'honneur de ceux qui
en sont les dépositaires, on ne peut méconnaître ici un effet particulier
de la providence qui a voulu garantir, à cet égard, dans les ministres de la
religion, une rigueur de fidélité, sans laquelle le précepte salutaire de la confession serait odieux et intolérable.

On sait que, devant les tribunaux même, interrogé sur les faits qu'il connaît par la voie de la confession, un prêtre peut et doit répondre qu'il les
ignore, et repousser avec horreur toute sollicitation qui tendrait à lui faire
violer, en quelque manière que ce fût, le dépôt sacré des consciences. Les
juges le savent, et ils s'arrêtent dans leurs interrogations, lorsqu'un prêtre a
déclaré sa qualité de confesseur de l'accusé. Cette loi inviolable du secret,
attire la confiance des plus grands criminels, et elle met le confesseur à

DE LA CONFESSION

SOUS LE RAPPORT MÉDICAL.

———— ┼ ————

JE ne crois pas qu'aucun médecin ait songé à considérer la confession comme moyen presque curatif dans le traitement des maladies. Cependant, lorsqu'on considère l'immense influence du moral sur le physique de l'homme, il est facile d'entrevoir combien d'affections nerveuses ne sont entretenues que, parce que privés de consolations, les malades, sans confidents intimes, cherchent, mais envain, à étouffer leurs remords: sans cesse tourmentés par le souvenir de leurs fautes, ils languissent sous le poids de quelques-unes de ces affections, pour peu que leur organisation y soit disposée. Combien de personnes, peut-être, ne sont souffrantes sans que le médecin s'en doute, que parce qu'elles sont privées de la faculté de pouvoir déposer, dans le sein d'un ministre de paix, l'aveu de fautes bien légères quelquefois, mais que leur cœur vertueux néanmoins leur reproche avec amertume.

Il n'y a pas de maladies plus opiniâtres que celles qui tiennent à un moral affecté. Il n'y en a pas qui résistent davantage aux moyens thérapeutiques ordinaires.

La confession serait donc un remède adjuvant, plus utile qu'on ne pense; mais il faut qu'elle soit mise en pratique avec une grande dignité, qu'elle soit pleine de noblesse, qu'elle respire cette majesté digne de son but, et nécessaire pour assurer un parfait repos aux personnes agitées par la crainte, chez lesquelles la force morale est presque

portée de leur inspirer le repentir et d'arrêter le cours des plus funestes désordres. Cette remarque fit autrefois beaucoup d'impression sur l'esprit du ro Henri IV. (NOTE DE L'ÉDITEUR.)

nulle, ou dont la confiance ne se place que difficilement. Cette dernière condition est de toute importance ; sans elle, il n'y a plus d'efficacité dans l'exercice de ce devoir. Il faut que les malades soient pénétrés d'une haute vénération pour cette pratique, afin d'apporter une effusion complète, sans aucune réserve, dans l'étendue de leur confidence.

Travaillez à établir leur entière sécurité, en étudiant avec soin le mode d'existence morale où ils se trouvent, les penchants de leur cœur, les divers mouvements de leur âme ; cherchez les moyens de vous identifier, pour ainsi dire, avec l'état morbide de leur conscience troublée, afin de déterminer les modifications qu'il est important d'apporter dans les exhortations. Comme tous les hommes ne jouissent pas du même mode d'existence, du même degré de bon sens, de fermeté ou de confiance, on conçoit facilement la nécessité qu'il y a de ne pas confondre pour tous le même moyen oratoire de les sanctifier.

Je crois pouvoir ici faire pressentir les écarts dans lesquels l'imagination peut conduire au sujet de la religion. L'on ne m'accusera pas, je pense, de vouloir jeter le blâme sur aucune secte, ni sur aucune communion, puisque je ne cherche qu'à rendre plus frappants les avantages qui résultent d'une pratique. Combien de personnes qui, par une piété mal entendue, se trouvent dans une superstition déraisonnable, occupées sans cesse d'idées qui leur sont particulières, se font de l'autre vie des terreurs continuelles ; ces idées fantastiques, accompagnées d'une crainte outrée, se gravent si fortement chez elles, déterminent des impressions si vives par leur retour de chaque instant, qu'elles entraînent la même conviction, la même certitude que si elles étaient arrivées dans l'âme par le moyen des sens. Que de sujets de

H

l'un et de l'autre sexe se trouvent, par cette cause, réduits au plus triste état ! Prenant toujours le produit de leur imagination pour ce qu'il y a de plus positif, ils passent leur vie dans l'appréhension, la crainte, et n'entrevoient pour eux que peines et tourments, sans qu'il en résulte aucun avantage ni pour la religion, ni pour leurs semblables.

Les maladies auxquelles expose cet état du moral sont graves, et il est pénible de voir donner souvent, sans connaissance de cause, des soins pour des affections dont le principe ou la cure actuelle exige moins la présence du médecin que les avis d'un homme vénérable (1).

Il est utile, sans doute, de pénétrer quelquefois d'une sainte frayeur les coupables qui semblent persister dans l'endurcissement de leur cœur : il est bon de leur faire entrevoir les peines terribles auxquelles les expose leur vie désordonnée ; mais il est de toute humanité, de toute charité de chercher à éclairer ces têtes égarées, de ramener au calme ces esprits malades, par la persuasion où ils sont que tout est perdu pour eux malgré leur repentir. Or, ce n'est que dans les entretiens particuliers qu'ils auront avec leur pasteur qu'ils peuvent être ramenés à la lumière véritable de l'Evangile, retrouver le repos en apprenant qu'une vie nouvelle, sincèrement vertueuse, peut tout réparer.

(1) Ce ne peut-être que l'esprit de foi qui produira cette heureuse confiance dans le malheureux atteint d'affection morale. Cette noblesse avec laquelle on fera usage de la confession prendra sa source dans les dispositions que l'Eglise a prescrites, et le coupable convaincu de l'efficacité de la confession, sentira ses inquiétudes se calmer, lorsque les paroles de la réconciliation auront été prononcées sur lui par le ministre sacré. J'ai offensé un père tendre, mon cœur sera agité tant que je ne serai pas assuré qu'il m'a pardonné. Mais s'il m'assure de ce pardon par un de ses ministres, alors la joie et la paix renaîtront dans mon âme, et je ne songerai plus qu'à l'amour filial.

(NOTE DE L'ÉDITEUR).

Les modifications du cœur humain sont infinies. C'est
à elles que doivent être subordonnés les divers moyens de le
pénétrer pour s'en approcher plus sûrement. Ce travail est
difficile plus qu'on ne pourrait l'imaginer, et les avantages
que l'on en retire se trouvent en rapport avec la sagacité,
la pénétration apportées à ce soin sacré par tous les pasteurs qui sentent la hauteur de leur mission spirituelle.
Alors, vous rendrez de véritables services à la religion, à
l'humanité, à la médecine. Alors vous pourrez rendre bien
plus souvent un père vertueux à sa famille et à sa patrie,
en contribuant par ce moyen à faire disparaître peu à peu
la cause véritable de maladies qui minent souvent, à notre
insçu, les personnes d'un esprit faible et d'une conscience
timorée.

Peut-être n'est-il pas déplacé de présenter des circonstances où la confession a exercé une influence salutaire.

Une estimable mère de famille, de la religion protestante,
depuis longtemps d'une santé mal assurée, toujours triste,
remplissant tous ses devoirs de dévotion avec exactitude,
se rappelait ses fautes avec une bonne foi sans égale. Elle
les voyait plus grandes qu'elles n'étaient réellement, ce
qui l'empêchait d'être heureuse avec elle-même. Fatiguée
de remèdes, cette excellente mère prit le parti de s'adresser à un vénérable ecclésiastique du voisinage, dont la ré-
putation lui avait d'avance gagné la confiance. Soulagée
par des aveux fréquents auxquels le bon pasteur répondit
en vrai ministre d'un Dieu de miséricorde et de paix, on
la vit, pour ainsi parler, renaître entièrement. Son em-
bonpoint augmenta, sa gaieté revint peu à peu, et depuis
ce temps elle vécut heureuse d'une habitude qui devint
aussi sacrée que nécessaire à son cœur vertueux. (1)

(1) Le célèbre médecin Tissot donnait à Lausanne les secours de son art

Je citerai, en outre, l'exemple d'un grand nombre de jeunes gens que des habitudes vicieuses tuaient lentement, et qui furent entièrement guéris de leur commerce meurtrier par des exhortations vigoureuses souvent répétées, qu'ils reçurent d'un ecclésiastique éclairé qui, sentant toute la grandeur, la majesté de ses devoirs sacrés, s'appliquait sans relâche à l'étude du cœur humain, aux moyens salutaires de le fouiller avec sagacité et de l'émouvoir avec délicatesse.

La confession établit entre le troupeau et le pasteur des rapports directs qui entraînent une influence plus puissante et toute à l'avantage de celui-là.

Ces relations fréquentes établissent une union plus intime entre le père et la famille, le mettent à même de connaître plus intimément les travers du cœur des hommes soumis à ses soins, et lui facilitent les moyens de curation.

à une jeune dame étrangère, dont la maladie arriva à un point fort alarmant. Instruite de son dangereux état et tourmentée par le regret de quitter sitôt la vie, elle s'abandonne à de violentes agitations et aux transports du désespoir. Le médecin jugea que cette nouvelle secousse abrégerait encore le terme de sa vie, et selon son usage, il avertit qu'il n'y avait pas à différer pour lui faire administrer les secours de la religion. Un prêtre est appelé : la malade l'écoute et reçoit, comme le seul bien qui lui reste, les paroles de consolation qui sortent de sa bouche ; elle se calme, s'occupe de Dieu et de ses intérêts éternels, reçoit les sacrements avec une grande édification, et le lendemain matin le médecin la trouve dans un état de paix et de calme qui l'étonne : il voit la fièvre baissée, les symptômes changés en mieux, et bientôt la maladie cède. M. Tissot aimait à répéter ce trait et s'écriait avec admiration QUELLE EST DONC LA PUISSANCE DE LA CONFESSION CHEZ LES CATHOLIQUES.

Le parti que prit cette dame ne vaut-il pas mieux que celui de ces malades qui préfèrent se débattre contre les cris de leur conscience, et à qui de perfides et cruels amis s'efforcent d'inspirer la frénésie de vouloir mourir dans la réprobation et le désespoir. (NOTE DE L'ÉDITEUR.)

Cette pratique est donc avantageuse à la société entière ; elle mérite donc de fixer l'attention de tous ceux qui cherchent le bien-être de l'espèce humaine car, par l'habitude d'ouvrir son âme, on prend celle d'apporter plus de régularité dans ses actions. On règle sa conduite avec plus de soin, l'on évite alors bien plus facilement les désordres, les excès divers qui détruisent les sources de la vie et d'où naissent la plupart des maladies.

L'âme souffre de l'état malade du corps, cela doit être : d'où il suit qu'une pratique qui force à la sagesse devient la cause de la santé de l'une et de l'autre. C'est là une de ces vérités qui doivent être bien connues.

Ce n'est pas se régler par les principes d'une saine philosophie, que de persévérer dans l'abandon d'un moyen préservatif, parce qu'il gêne les caprices et les vices des hommes. Ce n'est pas se conduire par elle que de penser et d'agir comme le peuple, de vouloir être l'homme du peuple en aimant ce qu'il aime, en blâmant ce qu'il blâme. Louons, au contraire, avec courage ce qui lui déplaît, si la chose peut tourner à son bonheur. Un père tendre sans faiblesse, ferme sans despotisme, présente à ses enfants des principes opposés à leurs penchants ; la mauvaise humeur qu'il occasionne d'abord, ne dure pas la raison finit par reprendre son empire, la prévention cesse, la vérité est reconnue plus tard il n'est que plus aimé.

Il faut, d'autre part, songer encore que la religion n'est pas seulement utile aux malades, mais aussi à tous les médecins.

Les causes des maladies sous le poids desquelles gémit l'homme, sont tellement multipliées qu'il devient fort difficile à l'esprit le plus pénétrant de les débrouiller. En apportant toute la sagacité possible dans l'examen de leur valeur, afin de calculer les moyens curatifs, le médecin a rempli son devoir : s'il échoue, le vulgaire ignorant le juge, parce qu'il est convenu, comme on sait, qu'il doit décider sur tout ce dont il ne se doute même pas. Un malade est en proie à une affection grave qu'un âge avancé, en outre, rend incurable : c'est égal, il faut que le médecin agisse, lorsqu'il a à lutter contre l'impossible. On ignore les travaux fatigants auxquels un médecin zélé se livre quelquefois, durant des nuits entières, pour chercher et calculer les moyens de secours. S'il succombe, l'on oublie le dépérissement où se trouvait depuis longtemps le malade pour accuser le médecin de l'avoir fait ou laissé mourir. Mais chez cet homme dont la vie a été ainsi abrégée, mettez en ligne de compte le nombre des années passées dans les plaisirs de toutes espèces et la débauche : sachez estimer l'influence que peut avoir sur l'économie animale la marche d'autant plus dangereuse qu'elle est plus insensible, d'une affection de long cours, alors vous pourrez apprécier la justice de vos reproches.

Les excès du vin et les liqueurs ne nuisent pas seulement aux personnes qui en prennent l'habitude, mais en portant le trouble dans les familles, ils compromettent l'ordre social. Que de jeunes gens, en rentrant dans la maison, oublient le respect dû à leurs parents ! Que d'hommes foulent aux pieds les devoirs de citoyen, d'époux, de fidèle ami ! Parmi les agents destructeurs de la santé physique et morale, ces excès laissent des traces funestes, et sans faire ici l'énumération des maladies auxquelles ils exposent, chacun sait combien elles sont difficiles à guérir. L'homme perd, en outre, toute considération chez lui, le jugement s'éteint ; les autres facultés intellectuelles s'affaiblissent, et la raison, trop souvent égarée, ne saurait offrir

une garantie quelconque pas même dans le commerce
de l'amitié.

Il serait peu sage de prendre pour confident une personne adonnée aux boissons spiritueuses, de lui confier
des secrets de famille, d'Etat ou tout autre ; car, *ingre-
diente vino egreditur secretum*. Dans l'état où jette la sura-
bondance des liqueurs, on a vu sans doute des secrets de
haute importance être conservés ; mais la généralité des
circonstances n'offre pas la même sécurité : d'ailleurs, l'a-
bus des liqueurs fortes entraîne la faiblesse de caractère,
et celle-ci l'indiscrétion, d'où il suit qu'il ne faut pas s'ex-
poser à être trahi, même sans qu'il y ait méchanceté,
parce que l'effet n'en est pas moins nuisible.

Songez un instant au tableau qu'offre une famille pro-
fondément chrétienne : ne vous frappe-t-il pas d'une manière agréable ? Ne porte-t-il pas dans votre âme une entière satisfaction ; cette tendresse du père pour ses enfants ;
la gratitude, le respect des enfants, les soins affectueux,
cette parfaite union, la sagesse de tous dans la prospérité,
leur sérénité, leur résignation dans le malheur, tout ne
vous annonce-t-il pas qu'un Dieu habite avec cette maison.

Si, dès les premiers pas dans le libertinage, l'homme
se rapprochait de son Dieu, qu'il confessât franchement
ses torts avec la ferme résolution d'en revenir sérieusement, il aurait un moyen pour se diriger et deviendrait
plus religieux ; sa vie alors, assez à temps, cesserait d'être
licencieuse : conséquemment, les débauches, les plaisirs
meurtriers ne viendraient plus miner sourdement sa santé,
commencer des maladies qui, en peu de temps, se trouvent au-dessus des ressources de l'art. Le médecin aurait
donc la satisfaction de guérir bien plus souvent, et la
société, celle de voir plus fréquemment revenir à elle de

hommes utiles. Donc la religion et toutes les pratiques qui en dérivent sont importantes aux médecins eux-mêmes.

Sous le rapport de l'ordre social : Il n'est pas difficile de concevoir quels services la confession peut rendre dans les familles, par l'intermédiaire d'un digne pasteur. Que de dissentions domestiques peuvent être appaisées ; que de ménages ramenés et maintenus dans une paix durable! Que de jeunes gens pourront être rendus à la vertu par des exhortations paternelles souvent répétées! Ils retrouveront du moins, par intervalle, les moyens de redevenir de bons citoyens en rentrant dans les devoirs qu'ils ont à remplir envers leur Dieu, leurs parents, la société entière, dont ils eussent pour jamais peut-être, sans ce devoir, perdu le souvenir.

Un homme, par son inconduite, avait forcé sa femme à s'éloigner de lui. Par cette séparation, les enfants placés çà et là étaient loin d'être élevés dans le bien. Les intérêts de toute la famille souffraient de cette désunion. Le mari, malgré ses désordres, n'avait point perdu tout sentiment religieux. Dans son repentir, il se confessa fréquemment, redevint sage. La femme, de son côté, par des exhortations charitables d'un digne pasteur, pardonna de bonne foi les égarements trop prolongés de son mari. Enfin, les deux époux se réunirent et vécurent vraiment heureux. Les enfants, sous les yeux de leurs parents, devinrent des jeunes gens sages, utiles à leur pays. Les intérêts de toute la famille furent rétablis.

Un homme jouissait de l'estime de tous ceux qui le connaissaient : resté seul avec une nombreuse famille, privé de moyens suffisants pour exister, oublia la probité. Ce ne fut pas pour un temps bien long : malheureux avec lui-même, il ressentit le besoin de se soulager, et confia ses peines à un ecclésiastique éclairé et vertueux. Des exhortations sagement présentées lui rendirent le repos qu'il avait perdu ; des conseils sages le dirigèrent dans ce qu'il avait à faire pour se procurer une existence honnête, Quelques mois s'écoulèrent dans une activité peu ordinaire, et, en moins d'une année, cet homme que l'infortune avait rendu criminel, eut la satisfaction, non-seulement de suffire à tous les besoins de sa famille, mais encore de réparer ses infidélités.

Je n'ai que ces exemples à citer, mais ils me suffisent pour admettre qu'il doit en exister un grand nombre d'autres du même genre. Il est peu de gens qui ne sachent combien de mauvaises actions ont été réparées, combien de restitutions ont été opérées par ce moyen. Il n'est presque pas de commune qui n'en offre des exemples. Que de haines éteintes ! Que de réconciliations ! Que de bonnes œuvres ! Que d'actions édifiantes sont le fruit de la confession.

L'on sait que beaucoup de maisons protestantes distinguées, ayant pour serviteurs des sujets catholiques, ont soin d'exiger d'eux l'accomplissement du devoir de la confession, parce que plusieurs circonstances ont souvent prouvé que les intérêts des maîtres n'en étaient que mieux garantis (1).

Jean-Jacques, dans son Émile, dit au 3.me vol.: « Que » d'œuvres de miséricorde sont l'ouvrage de l'Évangile ! » Que de restitutions, que de réparations la confession » ne fait-elle pas faire chez les Catholiques ! Chez tous,

_____

(1) Cela rappelle le trait d'un protestant habitué à tourner en dérision les sacrements de l'Eglise : comme un prêtre lui remit, au temps de Pâques, une restitution à laquelle il ne s'attendait point, « il faut avouer, disait-il d. puis lors, que la confession est cependant une bien bonne chose. » (NOTE DLL'ÉDITEUR.)

» combien les approches des temps de communion n'opè-
» rent-elles pas de réconciliations et d'aumônes. »

Voltaire lui-même a parlé de la confession avec éloge.
Voici ce qu'il en dit d'abord dans ses remarques sur la tra-
gédie d'Olympie : « *Il n'y a peut-être point d'établissement plus
sage.* La plupart des hommes quand ils sont tombés dans de
grands crimes en ont naturellement des remords ; s'il y a
quelque chose qui les console sur la terre, c'est de pouvoir
être réconciliés avec Dieu et avec eux-mêmes. »

Dans le Dictionnaire philosophique : « la confession est une
chose *excellente.* Inventée dans l'antiquité la plus reculée,
nous avons, dit-il, imité et sanctifié cette pratique ; elle
est très-bonne pour engager les cœurs les plus ulcérés de
haine et de vengeance à pardonner sincèrement. »

Dans l'histoire générale : « *La confession peut être regardée
comme le plus grand frein des crimes secrets.* Les sages de
l'antiquité avaient embrassé l'ombre de cette pratique salutaire. Cet usage si saintement établi chez les chrétiens a été
malheureusement l'occasion de quelques funestes abus. Telle
est la déplorable condition des hommes que les remèdes les
plus divins ont été tournés en poison. » (1)

---

(1) L'auteur aurait encore pu ajouter à ces témoignages celui d'un incrédule, le fameux Céruti, dont une feuille périodique a répandu durant plusieurs
années le poison de l'irréligion dans les villes et les campagnes. « Inspirer
l'horreur ou le repentir du crime, dit-il, donner un frein à la scélératesse, un
appui à l'innocence, réparer les déprédations des larcins, renouer les nœuds
de la charité ; entretenir l'amour de la concorde, de la subordination, de la
justice et de toutes les vertus ; être ainsi à la place de Dieu, et pour le bien
des hommes, le juge des consciences, le censeur des passions, c'est ce qui
fait de l'emploi d'un confesseur, un des emplois les plus propres à maintenir
les mœurs, et des plus conformes à l'intérêt public. »

Sous le rapport de l'instruction religieuse : la confession paraît être d'une utilité véritable. Que de personnes sont privées de l'avantage de se rappeler leurs devoirs renfermés dans les livres saints, par la seule raison qu'elles ne savent pas lire, ou que leurs moyens ne leur permettent pas de s'en procurer, ou enfin parce que accablées d'occupations elles ne peuvent se livrer assidûment à des méditations religieuses.

Combien d'enfants placés pour apprendre un état, oublient l'instruction de leur première communion. En allant se confesser, chacun recevrait du moins des leçons qui l'empêcheraient de perdre entièrement le souvenir de celles qu'il reçût dans ses premiers ans.

D'autres personnes, enfin, peuvent, par la même occasion, demander et recevoir des conseils sur le choix des livres qu'elles doivent préférer pour leurs méditations et instruction religieuses.

Sous le rapport de l'amour de la patrie : Ceux qui aiment la paix et avec sincérité leur terre natale pourront facilement apprécier les services qu'ils peuvent lui rendre par cette pratique. Chacun, en faisant l'aveu de ses fautes, peut contribuer à la conservation de son pays, en déclarant, s'il en connaît, toute trame ourdie contre la stabilité du gouvernement et l'ordre social que tout bon citoyen doit désirer. Alors, dans ce cas, par l'intermédiaire d'un digne ministre de Dieu, de grands troubles, de grands malheurs peuvent

---

Ainsi aux yeux même de l'incrédule, à plus forte raison au jugement du philosophe, de l'homme vertueux, du zélé citoyen et d'un sage gouvernement, l'état du confesseur est une magistrature aussi importante par ses effets que respectable par sa nature. Il n'appartient qu'à des esprits légers, irréfléchis ou prévenus et obstinés contre tout ce qui appartient à la religion d'en parler avec indifférence ou avec mépris. (NOTE DE L'ÉDITEUR.)

être prévenus, et les coupables sauvés par la voix éloquente de la sagesse.

Sous le rapport de l'humanité N'est-il pas consolant pour un voyageur de pouvoir trouver, au besoin, un personnage sacré qui lui accorde ses conseils. Eloigné de sa patrie, de ses proches, seul, sans secours sur une terre étrangère, quel don du ciel plus précieux qu'un consolateur vertueux qui, sentant toute la grandeur de sa mission, le recevra avec bonté dans le tabernacle de l'Eternel pour le soulager dans son isolement, ramener son âme au repos dont il éprouve le besoin (1).

(1) En voici un exemple sur mille: Silvio Pellico, détenu dans la forteresse de Spilberg pour affaires politiques, s'exprime ainsi sur la confession et son confesseur:

« Il savait peindre habilement les passions et les mœurs des différentes classes sociales. Partout il me montrait des forts et des faibles, des oppresseurs et des opprimés ; partout la nécessité ou de haïr nos semblables, ou de les aimer avec une généreuse indulgence et avec une noble compassion. Les exemples qu'il citait pour me rappeler combien le malheur est général, et quels bons effets on peut en tirer, n'avaient rien de singulier : c'étaient même des faits tout-à-fait ordinaires ; mais il les rapportait avec des paroles si justes, si puissantes, qu'elles me faisaient fortement sentir les conclusions que je devais en tirer.

» Oh ! oui, chaque fois que je venais d'entendre ces tendres reproches, ces nobles conseils, je brûlais d'amour pour la vertu, je ne haïssais plus personne, j'aurais donné ma vie pour le moindre de mes semblables, je bénissais Dieu de m'avoir fait homme.

» Ah ! malheureux qui ignore la sublimité de la confession ! malheureux qui, pour paraître au-dessus du vulgaire, se croit obligé de la regarder avec mépris ! On peut savoir ce qu'il faut pour être vertueux, mais il n'en est pas moins vrai qu'il est utile de se l'entendre répéter ; et qu'il ne suffit pas de nos propres réflexions et de nos bonnes lectures : non, le discours vivant d'un homme a une toute autre puissance

N'est-il pas, en outre, de toute humanité qu'un personnage sacré devienne par ce moyen le Mentor, le père d'une
foule de créatures faibles, incapables de se conduire par
elles-mêmes dans le sentier de la foi. Toujours prêtes à céder
à leurs divers penchants, privées de toute espèce d'énergie
morale, elles deviennent chaque jour les victimes des séduc-
tions sans nombre dont elles se trouvent entourées dans le
commerce ordinaire de la vie.

N'est-ce pas exercer la charité chrétienne dans toute sa
plénitude, que de se constituer le directeur de cette grande
majorité d'hommes qui, par la nullité de leur volition à
remplir leurs devoirs, semblent n'être que de grands enfants,
exposés sans appui à tous les orages des passions dont on les
voit trop souvent devenir les jouets et les esclaves.

La confession établit donc un rapprochement salutaire
entre le digne berger et la brebis égarée, facilite ainsi le
meilleur moyen particulier de sanctification.

Ainsi donc, quand bien même cette pratique ne serait
pas suffisamment sanctionnée par les saintes écritures et,
par conséquent, d'institution divine ; quand elle ne serait
pas recommandée par le sauveur du monde, il est évident
pour tout esprit de bonne foi, et non prévenu, qu'elle
est du domaine de la charité chrétienne par les services
qu'elle peut rendre. Or, cette sublime charité fait la base
de tous les cultes: donc la confession doit nécessairement
rentrer dans les devoirs de toute religion.

Je ne chercherai pas à lutter contre tous ceux qui pré-

que n'ont ni nos lectures ni nos propres réflexions ! L'âme en est plus
ébranlée, les impressions qu'elle reçoit sont plus profondes. Dans le
frère qui parle, il y a une vie, un à propos qu'on chercherait souvent
en vain dans les livres et dans nos propres pensées. » (NOTE DE L'ÉDITEUR).

tendent que, dans les textes de l'Écriture et des diverses
traditions des premiers siècles, il n'est fait aucune mention
de cette pratique et encore moins d'absolution (1). Sans ces-
ser d'être respectueux envers les opinions de chacun, comme
nous devons l'être réciproquement en toute occasion,
puisque nous sommes tous enfants du même Dieu d'union
et de paix, on peut dire qu'il arrive quelquefois à bon
nombre de personnes de se les former d'une manière pré-
ventuelle, et sans avoir une connaissance assez étendue des
divers écrits relatifs à ce sujet; souvent encore, après les
avoir étudiés ou parcourus légèrement, plusieurs en rejet-
tent le véritable sens par cela seul qu'il ne se trouve pas en
harmonie avec leurs opinions politiques-religieuses.

Ce n'est pas sans raison qu'à différentes époques le protestantisme regretta d'avoir aboli la confession ; que ceux de
Nuremberg prièrent Charles-Quint de la rétablir au milieu

(1) Les monuments de l'histoire, le témoignage des Pères de l'Eglise
démontrent que, dans tous les siècles, la confession auriculaire a été regardée
comme une condition essentielle, indispensable pour réconcilier le pécheur
avec son Dieu, et que le précepte divin de la confession était renfermé dans
ces paroles de J.-C. « Je vous donnerai les clefs du royaume des Cieux ;
tout ce que vous lierez ou délierez sur la terre, sera lié ou délié dans le
Ciel.... Comme mon père m'a envoyé, je vous envois.... Recevez le Saint-
Esprit; les péchés seront remis à ceux auxquels vous les remettrez, et ils
seront retenus à ceux auxquels vous les retiendrez. »

Les passages des Pères sont si positifs et si clairs à cet égard que
plusieurs protestants instruits et de bonne foi en conviennent aujourd'hui.
Gibbon, un de leurs auteurs, rend hommage à la vérité dans son Histoire de
la décadence de l'Empire Romain : « L'homme instruit, dit-il, ne peut résister au poids de l'évidence historique, qui établit que la confession a été un
des principaux points de la croyance de l'Eglise papiste dans tout le période
des quatre premiers siècles. »   (NOTE DE L'ÉDITEUR.)

d'eux (1). Ceux de Strasbourg, aussi pénétrés de son importance, voulurent y revenir. L'église anglicane a plusieurs fois émis le même vœu.

En étudiant les livres et la pratique des diverses sectes, entr'autres des Grecs, des Nestoriens, des Jacobites, ou même des Arméniens, il est facile de juger qu'ils regardaient la confession comme nécessaire.

Elle a été, en outre, conservée en Suède, parce que, dit Bossuet, ce fut un article dont on était convenu dans la confession d'Ausbourg.

Les Indiens ont aussi une espèce de confession et de pénitence. Les juifs en ont aussi une dont ils ont dressé des formules à la portée du commun des fidèles qui ne sont pas capables de faire le détail de tous leurs péchés. La formule

(1) Mais que peuvent les hommes pour établir ce que Dieu seul peut commander? et quel autre que Dieu a pu en effet imposer aux hommes une loi aussi humiliante pour l'orgueil et aussi réprimante pour toutes les autres passions? Vous entendez des gens vous dire gravement que la confession est une invention humaine. Cela est bientôt dit, mais c'est avancé sans raison et contre toute raison. Que l'on nous désigne donc quel est l'auteur, quelle est l'époque de cette étrange invention? que l'on nous dise quels motifs les pasteurs de l'église auraient pu avoir de s'imposer à eux-mêmes un ministère aussi laborieux, aussi difficile et aussi continuel? Que l'on nous explique comment ils auraient pu se dépouiller de tout sentiment de zèle, de religion et d'honneur pour vouloir altérer et changer la doctrine de J. C.? par quels moyens, dispersés dans l'univers catholique, ils se seraient accordés à commettre ce crime, à braver également les remords de la conscience et les justes réclamations des fidèles? Cette supposition n'est-elle pas manifestement absurde, et peut-on trouver l'origine de la confession ailleurs que dans l'ordre établi par J. C. qui en a fait le précepte, en donnant à ses ministres le pouvoir de remettre et retenir les péchés? Plus on se récrie contre le joug salutaire de la confession, plus on complète la preuve qu'elle n'est pas d'une invention humaine. (NOTE DE L'ÉDITEUR).

la plus ordinaire, est composée selon l'ordre de l'alphabet : chaque lettre renferme un péché capital, et pour tous ceux auxquels l'homme succombe le plus fréquemment. Cette confession a ordinairement lieu le lundi et le jeudi, et tous les jours de jeûne. Ils la répètent plusieurs fois, en particulier au jeûne des pardons, dans le cas de maladie ou de péril évident; quelques-uns la disent tous les soirs à leur coucher, et chaque matin en se levant. Lorsque l'un d'eux se voit près de la mort, il réclame la présence de huit à dix personnes, plus ou moins, selon sa volonté : parmi ces dix assistants il est d'usage qu'il s'en trouve un qui soit rabbin. En leur présence, alors, il récite la confession que je viens d'indiquer.

Les plus célèbres rabbins modernes enseignent d'ailleurs qu'il n'y a point d'espoir de pardon sans pénitence, et que cette dernière n'est accomplie qu'à l'aide de la confession.

« La pénitence et la confession ne font qu'un seul et même précepte; en effet point de confession sans pénitence; celle-ci n'en devient que plus parfaite. » *(Moses tranensis apud Morinum.)*

Lorsqu'un juif veut faire pénitence, il va trouver son rabbin, déclare ses péchés sans distinction, souvent même pour une plus grande exactitude, il les écrit, s'il le peut. (1)

(1) Pour ce qui concerne la confession chez les juifs et chez les païens, voir COMMENTARIUS HISTORICUS DE DISCIPLINA ET DE ADMINISTRATIONE SACRAMENTI POENITENTIOE, par Morin. VOYAGE DU JEUNE ANACHARSIS EN GRÈCE, par Barthélemi. PARALLÈLE DES RELIGIONS, par le père Brunet. LETTRES ÉDIFIANTES. RELIGIONS DE L'ANTIQUITÉ, par Creuzer. RÉDEMPTION DU GENRE HUMAIN, par Schmitt. RECHERCHES SUR LES MYSTÈRES DU PAGANISME, par le baron de Sainte-Croix. MOEURS ET INSTITUTIONS DES PEUPLES DE L'INDE, par l'abbé Dubois. RECHERCHES SUR LA CONFESSION AURICULAIRE, par l'abbé Guillois : ouvrage plein d'érudition, que nous regrettons d'avoir ignoré jusqu'à présent. Il nous aurait épargné beaucoup de recherches longues et pénibles dans la compilation que nous avions préparée pour la composition d'un Traité complet sur la Confession. (NOTE DE L'ÉDITEUR.)

Il serait facile de dérouler ici l'histoire de tous les peuples de la terre, depuis les premiers siècles : on verrait que tous donnent plus ou moins les traces de cette pratique ; mais, outre que ce travail eût été d'une longueur éxtrème, il eût dépassé les étroites limites que je me suis prescrites dans le plan de cet opuscule (1).

(1) Il n'y a pas de dogme dans l'église catholique, il n'y a pas même d'usage général appartenant à la haute discipline qui n'ait ses racines dans les dernières profondeurs de la nature humaine, et, par conséquent, dans quelque opinion universelle plus ou moins altérée çà et là, mais commune cependant dans son principe à tous les peuples de tous les temps. La confession nous fournit un exemple de cet accord merveilleux.

« Qu'y a-t-il de plus naturel à l'homme que le mouvement d'un cœur qui se penche vers un autre pour y verser un secret. (Bossuet)....» On ne pourrait se dispenser de reconnaître dans le simple aveu de nos fautes, indépendamment de toute idée surnaturelle, quelque chose qui sert infiniment à établir dans l'homme la doctrine du cœur et la simplicité de conduite. (Berthier, sur les Psaumes.) »

De plus, tout crime est de sa nature une raison pour en commettre un autre : tout aveu spontané est au contraire une raison pour se corriger : il sauve également le coupable du désespoir et de l'endurcissement, le crime ne pouvant séjourner dans l'homme sans le conduire à l'un ou à l'autre de ces deux abîmes. « Savez-vous, disait Sénèque, pourquoi nous cachons nos vices? c'est que nous y sommes plongés : dès que nous les confessons, nous guérissons.» On croit entendre Salomon dire au coupable : « Celui qui cache ses crimes se perdra, mais celui qui les confesse, et s'en retire, obtiendra miséricorde. » Tous les législateurs du monde ont reconnu ces vérités, et les ont tournées au profit de l'humanité. Moïse est à la tête. Il établit dans ses lois une confession expresse et même publique. L'antique législateur des Indes a dit : «Plus l'homme qui a commis un péché s'en confesse véritablement et volontairement, plus il se débarasse de ce péché, comme un serpent de sa vieille peau. »

Les mêmes idées ayant agi de tous côtés et dans tous les temps, on a

En l'an 1215, sous le Pape Innocent III (4° concile de Latran, canon 21), il fut statué que tout fidèle de l'un et de l'autre sexe serait tenu à se confesser au moins une fois l'an dans la quinzaine de Pâques: ce qui a conduit à admettre que la confession était une invention de cette époque; mais c'est une erreur manifeste, car, vu le relâchement des mœurs, on ne fit que régler et déterminer le temps où il fallait satisfaire à ce précepte.

Luther lui-même était loin d'être ennemi de la confession : « J'aimerais mieux, dit-il, dans un de ses ouvrages, supporter la tyrannie du Pape, que de consentir à l'abolition de la confession. » Dans son petit catéchisme publié peu de temps avant sa mort: « Devant Dieu, dit-il, il faut s'avouer coupable de tous ses péchés, même de ceux qu'on ne connaît pas; mais nous devons déclarer au confesseur les péchés seulement que nous connaissons et que nous sentons dans notre cœur. »

Lisez Calvin, et vous verrez qu'il ne sait trop à quel parti s'arrêter; selon lui, elle naît sous Décius, disparaît sous Nectaire, ou, encore inconnue durant les dix premiers siècles, elle sort du concile de Latran. Toutefois, il en avoue l'utilité; puis bientôt, ne songeant plus à ce qu'il

trouvé la confession chez tous les peuples qui avaient reçu les mystères éléusins. On la retrouve au Pérou, chez les Brahmes, chez les Turcs, au Tibet et au Japon.

Sur ce point, comme sur les autres, qu'a fait le christianisme? il a révélé l'homme à l'homme ; il s'est emparé de ses inclinations, de ses croyances éternelles et universelles; il a mis à découvert ses fondements antiques; il les a débarrassés de toutes souillures et de tout mélange étranger, il les a honorés de l'empreinte divine, et sur ces bases naturelles il a établi sa théorie surnaturelle de la pénitence et de la confession sacramentelle. (M. le comte de Maistre dans son ouvrage intitulé : du Pape.)   (NOTE DE L'ÉDITEUR.)

a pu en dire d'avantageux, il la maltraite sans plus de
ménagement; elle n'est plus à ses yeux que tyrannie, que
machine à torture du pape Innocent III.

Henri VIII, roi d'Angleterre, qui se mêlait aussi de
théologie, reconnaît dans un ouvrage qu'il a composé sur les
sacrements, que la confession est d'institution divine,
qu'aucun pouvoir humain n'aurait pu l'établir et qu'elle
avait toujours été en usage dans l'église. « *Cùm videam totum*
populum tot seculis peccata sua patefacere sacerdotibus, cùm
ex eà re tàm assiduè videam tantùm boni proventum, tàm
nihil enatum mali, aliud neque credere neque cogitare possem,
quàm eam rem, non humano consilio, sed planè divino mandato
et constitutam esse et conservatum.» (De septem sacramentis
contrà Lutherum.)

« La confession privée faite au prêtre est d'une pratique
fort ancienne dans l'église, d'un usage excellent et très-
utile, pourvu qu'elle soit administrée avec discrétion. »
(Docteur Montague, évêque de Chester, en Angleterre).

L'évêque Andrews, son contemporain, a été plus loin et a
reconnu la nécessité de la confession. Après différentes preuves avancées, il termine ainsi: « Il est clair que la confession faite à Dieu seul ne peut suffire depuis l'institution de
J.-C. » *(Sermon prêché à la cour de Jacques Ier.)*

Entendez encore un savant de l'Allemagne protestante,
un des plus profonds, un des plus judicieux : « C'est sans
doute, dit-il, un grand bienfait de Dieu, d'avoir donné à
son église le pouvoir de remettre et de retenir les péchés,
pouvoir qu'elle exerce par les prêtres, dont on ne peut
mépriser le ministère sans pécher.... On ne peut disconve-
nir que toute cette institution ne soit digne de la sagesse
divine. En effet, la nécessité de se confesser détourne

beaucoup d'hommes du péché et ceux surtout qui ne sont
pas encore endurcis; elle donne de grandes consolations à
ceux qui ont fait des chutes. Aussi, je regarde un confesseur
pieux, grave et prudent, comme un grand instrument de
Dieu pour le salut des âmes; car ses conseils servent à diriger nos affections, à nous éclairer sur nos défauts, à nous
faire éviter les occasions du péché, à restituer ce qui a été
enlevé, à réparer les scandales, à dissiper les doutes, à
relever l'esprit abattu, enfin à enlever ou diminuer toutes
les maladies de l'âme; et, si l'on peut à peine trouver sur
la terre quelque chose de plus excellent qu'un ami fidèle,
quel bonheur n'est ce pas d'en trouver un qui soit obligé,
par la religion inviolable d'un sacrement divin, à garder
la foi et à secourir les âmes (1). *(Leibnitz. Systema theolo-
gicum.)*

(1) Lord Fitz-William, Anglais protestant, dans ses lettres d'Atticus, con-
tinue ainsi, après avoir parlé des avantages de la confession chez les catholiques: « et, tandis que le chrétien d'une autre communion s'examine légèrement, prononce dans sa propre cause et s'absout avec indulgence, le chrétien
catholique est scrupuleusement examiné par un autre, attend son arrêt du
ciel et soupire après cette absolution consolante qui lui est accordée, refusée
ou différée au nom du Très-Haut. Quel admirable moyen d'établir entre les
hommes une mutuelle confiance, une parfaite harmonie dans l'exercice de
leurs fonctions! »

Dans le Rituel Luthérien des églises danoise et norwégienne, un article
traite de la confession privée, qui est auriculaire. On y voit qu'après avoir
déclaré ses péchés, le pénitent se prosterne aux pieds du ministre qui l'absout
en vertu du pouvoir qu'il a reçu de Dieu même pour remettre les péchés.

D'après la liturgie de l'église anglicane, il est ordonné aux ministres
d'exciter le malade à faire une confession particulière de ses péchés, lorsqu'il
se sent la conscience chargée de quelques fautes graves. Après sa confession, le
ministre lui donne l'absolution en cette manière: «Notre Seigneur J.-C. qui

Un grand nombre d'autres savants, outre Rousseau
et Voltaire, n'ont pu se refuser à l'évidence tous l'ont
soutenue, ou, plus tard, reconnue malgré eux: tels sont
Marmontel, Raynal, Fontenelle, Montesquieu, Diderot,
d'Alembert, Buffon, Maupertuis et Cie. Pour qu'une société
semblable s'accorde à reconnaître une chose, il faut qu'elle
soit bien clairement pour eux dans les besoins du cœur (1).

a laissé à son église le pouvoir d'absoudre tous les pécheurs qui se repentent
et qui croient en lui véritablement, veuille te pardonner tes offenses, par sa
grande miséricorde; et, en son autorité qui m'est commise, je t'absous de
tous tes péchés; au nom du Père, et du Fils, et du Saint-Esprit. Amen.

On voit par là que le protestantisme a son double moi comme chaque individu. L'un déclame contre la confession; on le reconnaît à son ton de prévention et de haine; l'autre respecte cette institution salutaire et regrette de la
voir abolie. Nous avons eu souvent l'occasion de faire nous même cette
remarque dans des entretiens avec quelques-uns de nos frères séparés. Le
principe solide et lumineux de la voie de l'autorité, qui répond à tout, peut
seul empêcher que les questions ne soient interminables. Le principe de
l'examen ou du sens privé, est un germe éternel de divisions: témoin les
mille et une sectes qui divisent le protestantisme. (NOTE DE L'ÉDITEUR.)

(1) Raynal dont la haine contre le christianisme est bien connue, dit dans
son histoire philosophique: «Le meilleur des gouvernements serait une
théocratie où l'on établirait le tribunal de la confession, s'il était toujours
dirigé par des hommes vertueux.»

Marmontel admire et regarde comme un préservatif salutaire pour les
mœurs de l'adolescence l'obligation d'aller tous les mois à confesse: «Ce pieux
usage, dit-il, ajoute aux motifs les plus saints cet heureux effet: l'humble
aveu de ses fautes les plus cachées, écarte, pour la suite, des fautes et plus
graves et plus multipliées.»

En lisant le journal le GLOBE, du 6 février 1833, vous verrez que les
saint-simoniens se sont déclarés ouvertement en faveur de la confession,
dont ils font voir les avantages dans un long article qu'ils terminent ainsi:

D'après cette énumération des peuples qui ont admis cette pratique, ou qui l'ont voulue après l'avoir rejetée ; d'après cette foule de savants et de philosophes anciens et modernes qui en ont senti l'importance, il est facile de voir que, comme je l'ai déjà dit, le besoin s'en trouve dans le cœur humain, tout comme celui d'adorer un Dieu. Or, puisque le besoin, puisque la force d'impulsion vers cette pratique se trouvent dans votre organisation et qu'elle tourne à votre bien-être, il est évident qu'elle a été dans l'intention du créateur.

Dans les temps malheureux où de terribles fléaux divers exercent leurs affreux ravages dans les villes, dans des provinces toutes entières, y déciment la population et portent partout la consternation et l'effroi, quelle chose peut plus efficacement seconder les moyens hygiéniques et de médication curative, que cette grande sérénité morale qui naît d'une conscience calme et tranquille ? Or, pour

'« Quelle chose c'était que ce baptême de larmes, comme l'église l'a nommé ! quel encouragement aux bons ! quel frein aux méchants, qui, autrement, pour étouffer leurs remords, n'auraient eu d'autre ressource que de nouveaux attentats ! Comment se résoudre à penser que c'en est fait à jamais de cette douce croyance à la rémission des fautes pour le coupable qui les avoue et qui s'en repent ? non, non, cette idée n'est pas morte dans les cœurs, il ne faut que l'y réchauffer. »

Que les saint-simoniens se rassurent : qu'ils apprennent à mieux connaître ce qui se passe dans l'église de Dieu répandue sur toute la terre : cette douce croyance opère partout les mêmes effets sur les âmes ; elle vit avec le catholicisme, toujours invariable et toujours consolante.

Le plus grand nombre des philosophes du dernier siècle ont donné de véritables marques de repentir, rétracté leurs erreurs et condamné leurs écrits irréligieux : presque tous se sont confessés ou en ont témoigné le désir, et rendu ainsi hommage au dogme consolateur des chrétiens. (NOTE DE L'ÉDITEUR).

obtenir cet heureux résultat, l'importance d'une bonne confession n'est-elle pas évidente. (1)

Ainsi, à ne considérer la confession qu'humainement, indépendamment de son institution divine dans la religion chrétienne, cette institution et très-utile et même nécessaire: elle mérite donc de fixer l'attention d'un bon gouvernement et de tous les hommes sages. Aussi les anciens philosophes, ces sages de l'antiquité, en avaient établi la pratique autant qu'il leur avait été possible. (2)

(1) « Sans cette institution salutaire, le coupable tomberait dans le désespoir. Dans quel sein déchargerait-il le poids de son cœur ? Serait-ce dans le sein d'un ami ? Eh ! qui peut compter sur l'amitié des hommes ? Prendrat-il les déserts pour confidents ? Les déserts retentissent toujours du bruit de ces trompettes que le parricide Néron croyait ouïr autour du tombeau de sa mère. (Tac. His.)» Quand la nature et les hommes sont impitoyables, il est bien touchant de trouver un Dieu prêt à pardonner; il n'appartenait qu'à la religion chrétienne d'avoir fait deux sœurs de l'innocence et du repentir. — (Châteaubriand, génie du christianisme.) » (NOTE DE L'ÉDITEUR.)

(2) Tout ceci fait voir que la réforme qui a réformé la confession a bien besoin d'être réformée elle-même. Car peu de temps après la suppression de ce dogme générateur de la piété chrétienne, de nombreux et graves désordres, surtout relativement aux bonnes mœurs, forcèrent les habitants de Nuremberg d'envoyer une ambassade à l'empereur Charles-Quint pour le supplier de rétablir la confession chez eux. En 1670 les ministres de Strasbourg présentèrent au MAGISTRAT un mémoire pour la même fin. Ces maux sont avoués par les protestants eux-mêmes. Citons, entr'autres, ce qu'on lit dans la LITURGIE SUÉDOISE: « Lorsqu'on s'est relâché sans mesure sur les règles prescrites pour la confession auriculaire, les jeûnes, la célébration des fêtes... ces concessions ont été aussitôt suivies d'un libertinage si affreux, qu'il n'y a personne, quoiqu'on leur dise, qui ne se croie permis de satisfaire ses passions, au lieu de se rendre à des avis salutaires. Les exhortez-vous

Les modifications avantageuses apportées dans le cœur par la confession, chez le chrétien qui s'en fait une continuelle obligation, se font surtout sentir sous le rapport des passions violentes. Livrez à lui-même un sujet qu'agite sans cesse une vive haine qu'il n'a point la force d'étouffer? son front se ride, son sourcil se fronce et s'abat : pour lui, plus de gaîté ; il devient rêveur, taciturne chez lui s'éteignent toutes vues de charité, et dans son malheur, car c'en est un, il ne voit que vengeance. Ce sentiment terrible ne lui laisse plus de repos, plus de calme, qu'il n'ait trouvé moyen de l'assouvir par quelqu'acte de lâcheté ou de perfidie. S'il conserve quelques mouvements vertueux, ce sont de nouvelles causes de troubles intérieurs et de réprobation.

à se confesser, afin de s'assurer de la sincérité de leur conversion, à laquelle seule l'absolution doit être accordée! Ils s'écrient qu'il ne faut contraindre personne. Leur recommandez-vous l'observation du jeûne? ils se livrent au contraire aux désirs déréglés de leur ventre.... En un mot, les chevaux emportent le cocher, selon le proverbe, et les rênes ne conduisent plus le char. »

Dans les nombreuses sectes qui divisent la réforme, on trouve une multitude d'hommes estimables, probes, intègres, honorablement attachés à leur parole, ce qu'on appelle dans le monde d'honnêtes gens ; mais on n'y trouve ni pénitents dans la force du terme, ni chrétiens vraiment pieux et dévots, pleins d'ardeur pour le ciel et de mépris pour les choses de la terre. Cependant le christianisme ne change point d'esprit, ou ne vieillit point avec nous. Partout où il subsiste, il est le même, et se montre par les mêmes effets. D'où vient donc ce changement depuis la réforme ? D'où vient encore qu'aujourd'hui elle possède tant d'hommes qui excellent dans les sciences humaines, qui sont recommandables par leurs mœurs, par la culture et la sagesse de leur esprit, par le goût pour l'étude et l'instruction, et que si peu d'entr'eux s'appliquent à la théologie qui, dans tous les siècles, a été la science de tous les grands hommes dont l'église s'honore ? (NOTE DE L'ÉDITEUR.)

Pour appaiser le ressentiment dont il est devenu le triste esclave, peut-être est-il déjà ou va-t-il devenir criminel: peut-être a-t-il étouffé tout sentiment humain, oublié jusqu'au moindre devoir que lui impose la religion!... S'en serait-il écarté jamais, si, dans sa débilité morale, il eût profité de l'appui que lui offraient les conseils, les leçons de son vénérable pasteur dont il eût pu recevoir l'influence salutaire dans les entretiens édifiants qui naissent de la confession.

Chez celui qui s'abandonne à toute l'effervescence d'un fougueux tempérament, voyez ce visage violet, couvert de sueur froide, ces yeux égarés, cette prunelle qui en divers sens se meut avec vivacité; cette figure boursouflée, cette bouche ouverte et souvent écumante. Cette image d'une colère mêlée de rage, devrait-elle jamais se rencontrer dans un être doué de raison et surtout chez le chrétien? Cependant que de crimes, en de semblables moments, ont été la suite de l'oubli des pratiques de la religion et surtout de la confession! Par elle, ces âmes en combustion eussent été ramenées et maintenues à l'état de sérénité, de douceur et de bonté, caractères principaux et partage heureux de l'homme religieux.

Considérez encore cet infortuné, grincer les dents en retirant les lèvres, ou les mordre en frissonnant, froncer les sourcils: voyez ce front ridé de haut en bas, l'œil enflé, plein de sang, la prunelle égarée, les narines grosses, les cheveux hérissés quelquefois, symptômes de l'extrême degré de désespoir, à qui va succéder quelqu'action terrible, le suicide peut-être!... Pourriez-vous voir sans douleur l'état déplorable de cette âme égarée?... Cette dégénération morale dans cet infortuné, aurait-elle eu lieu, si, par les devoirs qu'ordonne la religion, il se fût de bonne heure préparé à n'entrevoir les plus funestes catastrosphes qu'avec cette fermeté, cette imperturbable égalité d'âme qu'elle procure?

Pour ces divers états et pour toutes les passions en général dans les écarts desquels tombent les hommes, quelqu'en soit du reste la source, quelle pratique mieux que la confession, ménage à un bon pasteur le temps et les moyens de porter dans leur cœur des impressions salutaires, d'exercer sur eux une influence efficace? par quel autre moyen pourra-t-il plus sûrement terminer leurs angoisses, porter la paix dans leur âme agitée?

Un sermon adressé du haut d'une chaire aux fidèles assemblés, quelle que soit son éloquence, quelque énergiques que puissent être les tableaux de morale qu'il offre à l'imagination et au cœur, ne saurait avoir les avantages d'une exhortation privée. Il est, à la vérité, une source d'eau pure, mais qui coule pour tout le monde indistinctement et où chacun va puiser suivant le degré de ses forces, de son intelligence; de sorte que celui qui en est dépourvu, ne peut plus y trouver sa part des avantages, bien grands sans doute, dont elle est toujours pour la multitude. Il en est de même pour les lectures religieuses qui ne sauraient jamais remplacer les impressions portées dans le cœur par des exhortations secrètes dictées par l'amour du bien qui fait naître dans l'esprit du confesseur une éloquence qui ne peut se trouver dans un livre. La confession a un effet plus immédiat sur l'être, une action plus positive sur le moral de l'homme. Elle favorise les efforts que fait un digne ministre de

Dieu pour connaître chaque brebis du troupeau, pour
fouiller les âmes avec ménagement, avec bonté et avec
ce vif désir d'en deviner les besoins afin d'y pourvoir et
et d'y satisfaire. Dans un sermon, c'est plus particulièrement un pasteur que l'on entend : ici, c'est mieux un
père à qui l'on s'adresse, c'est plus directement un ami
que l'on écoute. Aussi les pères et les docteurs de l'église
ont-ils donné les noms de juges, de médecins, de guides
aux ministres de la confession. (1)

(1) Comme il n'y a dans la religion aucune pratique plus propre à répri-
mer les passions, à nourrir la vertu et la piété, et à maintenir les hommes
dans leurs devoirs que celle de la confession sacramentelle, il n'y en a point
aussi contre laquelle l'impiété et l'esprit de révolte se soient élevés avec plus
d'injustice, d'indécence et d'impudeur pour décrier la sagesse de son institution et ses heureux effets. D'un côté, la passion et le libertinage, de l'autre, l'esprit de parti et l'ignorance se sont donnés la main pour rendre la
confession odieuse et en abolir l'usage. On a fait un appel à toutes les passions, surtout à l'orgueil de l'homme ; on a représenté la confession comme
une source d'abus ; on a exagéré les faiblesses de ceux qui sont chargés de
ce pénible ministère ; on a inventé des fables scandaleuses pour servir de
pâture à la malveillance et à la calomnie, etc.

Ce n'est pas ici le lieu d'entrer dans un détail que ne comporte pas d'ailleurs la nature de cet écrit, où il n'est question que de principes. A supposer
seulement que des plaintes eussent quelque fondement et que même il n'y
eût rien à en rabattre, nous répondrions qu'un homme sensé doit distinguer
essentiellement les droits de la religion des qualités de ses ministres et ne
jamais juger une institution par l'abus. Les faiblesses et les abus tiennent
aux personnes et ne changent rien aux choses. Ce sont des apanages de l'humanité qui ne justifient point ceux qui s'en font une arme contre la vérité et
contre la conscience. S'il fallait condamner les institutions humaines sur les
abus et les vices de ceux qui y président, quelle est la profession, quelle est
la magistrature qui ne succomberait pas à cette épreuve ?

Si nous voulons être justes, n'oublions jamais que ceux qui sont chargés

Lorsque vous êtes en maladie et, par elle, en danger de mort, lorsque nous exigeons de vous divers rensei-
gnements pour arriver à la connaissance de votre mal,
n'êtes-vous pas obligés de nous découvrir votre être tout
entier? y a-t-il pour nous, de votre part, quelque chose
de caché? ne cherchez-vous pas avec soin à nous donner
tous les détails qui peuvent nous mettre à même de vous
tirer plus sûrement des portes du tombeau? Ne mettez-vous
pas une attention scrupuleuse à nous faire connaître toutes
choses de nature souvent plus secrète qu'une méchante
action à l'aveu de laquelle vous vous refusez auprès de
votre pasteur, auquel vous avez tant de peine à vous sou-
mettre pour le salut de votre âme?

Pourquoi tant de répugnance pour la santé de votre *moi*
spirituel, tandis que rien ne vous coûte pour le bien de
votre corps? D'où naît cette dissidence de jugement et de
conduite? Elle a sans doute sa source dans cette idole de
l'espèce humaine, l'*amour propre*: dans l'orgueil qui n'en-

de reprendre le vice, sont plus exposés que les autres hommes aux traits de
la méchanceté et de la calomnie.

Le zèle d'un prêtre met-il obstacle ix passions de certains hommes, aussitôt vous les voyez mettre tout en usage: des faits calomnieux sont propagés
et accrédités par la passion: ils saisissent les plus vains prétextes, les ap-
parences les plus trompeuses, et vont jusqu'à se couvrir du manteau de la
religion pour en imposer à l'ignorance et décrier le ministère de ce prêtre
fidèle à sa conscience et à son devoir.

Au reste, quand on se pénètre bien que J.-C. a fait un précepte de la confession; que ce divin législateur a voulu confier ce ministère saint et sacré à
des hommes; qu'il n'a pas fait dépendre de la conduite de ses ministres la
validité du sacrement: quand on envisage le bien qu'elle produit, alors toutes les considérations humaines, toutes les réclamations du cœur doivent disparaître.   (NOTE DE L'ÉDITEUR.)

tend pas d'humiliation, quoique les Saintes-Ecritures disent bien clairement: *Celui qui s'humilie sera élevé. L'Eternel résiste aux orgueilleux.* Ces mêmes écritures déclarent que *Dieu fait grâce aux humbles ; que l'humilité précède la gloire : que quiconque se rendra humble comme un enfant, sera le plus grand dans le royaume de Dieu.*

Cette dissidence naît de cet orgueil qui ne peut révéler la honte de ses pensées, de sa conduite, non plus que celle de ses désordres qu'il prend soin de soustraire aux regards, aux soupçons mêmes de l'univers entier. On conçoit qu'un être aussi absolu que l'orgueil, ne saurait par lui-même résister à l'aversion qu'il éprouve pour un acte envisagé comme étant d'une si haute humiliation.

Ce sentiment est si fortement inhèrent à l'espèce humaine qu'aucun pouvoir terrestre ne serait parvenu à faire arriver à cet acte de sagesse et d'obéissance, cette grande masse de peuples qui en ont reconnu et senti l'importance et le besoin. Or, cette puissance irrésistible de reconnaître, malgré soi, une chose utile, d'où émane-t-elle, si ce n'est d'en haut ?....

Il est probable que la philosophie et la théologie médico-philanthropique se réchauffant dans le cœur des hommes, parviendront à détruire les préjugés qui les privent de ce secours. Je fais des vœux pour que dans toutes les religions possibles, des hommes éclairés examinent de plus près cette question importante. Alors peut-être ne sera-t-on pas éloigné de rendre la confession universelle.

Je fais ces vœux sincèrement, parce que je crois la chose nécessaire aux hommes et très-utile à toute espèce de gouvernement. Je puis me tromper ; mais comme tous les jours l'on émet des propositions d'une utilité bien moins évidente, j'ai cru pouvoir dire ce peu de mots à ce sujet, n'ayant d'ailleurs d'autre intérêt que celui qu'espère tout bon citoyen, en cherchant les moyens de pouvoir contribuer au bonheur du genre humain.

J'aurais pu, en faisant parler ici l'histoire toute entière, remonter jusqu'au temps de la création ; parcourir les nations de chaque époque et de tous pays ; venir chez les Athéniens et les autres peuples de la Grèce ; visiter le Japon, tracer en quelques mots ce qui s'est passé chez les empereurs, de même ceux de la Chine, par rapport à mon sujet ; toucher à la confession des païens, à celle des mystères d'Éleusis, de Bacchus, de Vénus dont les prêtres, comme on sait, portaient sur eux une clef pendue en signe du secret inviolable qu'ils devaient garder envers et contre tous (1).

(1) D'après tout ce qui a été dit, et d'après tous les témoignages que fournissent les monuments de l'histoire, quel est l'homme de bonne foi qui ne serait pleinement convaincu de l'antiquité et de l'universalité de la confession? Car, comment tous les hommes se seraient-ils accordés sur ce point, si, primitivement, il n'avait été révélé que le repentir peut seul obtenir le pardon, et que la marque essentielle du repentir c'est la confession, c'est-à-dire l'aveu franc et sincère des péchés dont on s'est rendu coupable ? Oui, la confession est aussi ancienne que le péché, c'est-à-dire qu'elle est aussi ancienne que le monde : pour trouver son origine, il faut remonter jusqu'à la chute du premier homme. Ce fût alors qu'il fût révélé que le repentir seul peut tenir lieu d'innocence.

Aussi, lorsque J.-C. parut sur la terre, il trouva la confession établie, et en imposant à ses disciples l'obligation de se confesser, il ne porta point une loi nouvelle : il ne fit que confirmer et perfectionner une loi à laquelle on était déjà plus ou moins habitué ; c'est ce qui explique pourquoi le précepte de la confession n'excita aucun murmure ni parmi les juifs, ni parmi les

Sous un autre rapport, j'aurais pu citer les sentiments des Pères de l'Eglise, et par suite de ce long examen, arriver à l'analyse physiologique et métaphysique du mécanisme du cœur humain, par lequel les peuples tous ensemble ont été conduits à adopter ou à établir telles ou telles cérémonies parmi lesquelles se trouve presque toujours la confession. Mais, outre que ces raisonnements n'eussent pas été compris des personnes étrangères à la science médico-physiologique, ils eussent été trop longs pour trouver place ici. L'on aurait vu d'une manière plus positive que c'est par le sentiment du besoin que, dès le commencement du monde, les hommes ont été conduits à admettre une expiation quelconque de leurs torts, laquelle conduit à la confession ou dont elle en dérive. Voltaire a dit lui-même quelque part, que toutes les religions quelque nombreuses et quelque différentes qu'elles puissent être, ont pour but l'expiation, d'où il faut conclure nécessairement que l'homme a toujours senti qu'il avait besoin de clémence.

Enfin, par une fouille universelle et attentive, il eut été facile de présenter sur la confession des considérations plus étendues et plus élevées, et de démontrer à tout homme non prévenu, l'immense étendue des bienfaits que cette institution peut rendre à tous les peuples (1). Personne

gentils; ils y étaient accoutumés; rien ne leur paraissait plus naturel : une tradition constante et universelle leur en faisait sentir la nécessité indispensable.   (NOTE DE L'ÉDITEUR.)

(1) Ce n'est qu'éclairés des lumières de la foi que nous pouvons mieux apprécier les avantages et les bienfaits innombrables de cette institution due à une miséricorde infinie, et comprendre la haute portée de ces paroles de notre divin maître « Venez à moi, vous tous qui souffrez, et que le travail du

ne peut se refuser , je pense , d'admettre maintenant qu'elle ne fût universellement reconnue à des degrés divers ; et , J.-C. en venant sur la terre enseigner aux hommes leurs devoirs pour se rendre dignes des faveurs célestes , n'a fait que confirmer et sanctifier une institution déjà existante. Il leur en a fait , en outre , sous le rapport de la grâce , une obligation formelle dont les avantages sont irrécusables pour le salut. (1) Mais , envisagée sous ce point de vue , la confession ne saurait être mieux traitée que par un théologien à qui j'en laisse conséquemment la glorieuse tâche.

besoin accable , et je vous soulagerai. » Si nous envisageons la confession relativement à Dieu , relativement à la société , relativement à l'homme pécheur , nous la trouverons empreinte du sceau d'une sagesse toute céleste : relativement à Dieu , parce qu'elle est l'acte le plus propre à réparer l'outrage que le péché fait à sa divine majesté , et à expier le caractère d'orgueil , qui est le principe de la révolte de l'homme contre son créateur : relativement à la société et à l'intérieur des familles, dans le sein desquelles elle exerce la plus salutaire influence , en prévenant , en affaiblissant , en extirpant les vices et les défauts qui y jettent le trouble, le désordre et la désolation   relativement à l'homme pécheur qu'elle réconcilie avec Dieu , avec sa conscience, auquel elle procure un père et un guide spirituel.   (NOTE DE L'ÉDITEUR.)

(1) Pour peu qu'un chrétien ait son salut à cœur et qu'il recherche les moyens établis par J.-C. pour obtenir la rémission de ses péchés , il verra clairement que , d'après les saintes écritures , la tradition et la pratique de l'église depuis le temps des apôtres , le repentir est notre indispensable ressource , notre refuge universel   qu'il importe sous la loi évangélique l'humiliant et salutaire aveu de tous nos péchés. Telle est la volonté du divin législateur , telle est la condition à laquelle il attache le pardon qu'il a promis. J.-C. nous oblige impérieusement de confesser tous nos péchés à son ministre. Qui sommes-nous pour oser changer l'ordonnance de notre Dieu? Sa révélation est invariable, immobile. Telle qu'il nous l'a donnée, il faut la prendre , il faut s'y conformer sans

rétranchement, sans altération, et puisqu'il ne veut pardonner que les fautes confessées à ses ministres, il ne nous reste qu'à lui obéir, à remplir la condition qu'il lui a plu de nous fixer, ou à renoncer pour jamais au pardon.

Que dirons-nous donc de cette multitude de protestants qui ont péri et périssent journellement sans confession, sans savoir même que J. C. y ait attaché la rémission des péchés? La bonne foi, l'erreur involontaire, insurmontable, sont de grands titres à la miséricorde divine, et peuvent obtenir du ciel une disposition telle que l'on recourrait avec avidité à la confession, si la nécessité en était connue.

Cette espèce de vœu implicite, cette préparation indirecte et sourde, ce souhait mal articulé, mais entendu de Dieu, joint à un repentir animé par une charité parfaite, suppléeraient, il est vrai, à une confession actuelle de tous ses péchés. Nous aimerions à supposer ce haut degré de contrition et d'amour dans tous ceux qui meurent sans le secours et les grâces du sacrement. Malheureusement nous ne pouvons nous dissimuler qu'il est bien rare, quoiqu'il soit la seule ressource que nous connaissions à l'ignorance, même excusable. (NOTE DE L'ÉDITEUR.)

NOTA.

Dans l'ouvrage annoncé ci-après, on trouvera le développement, les preuves et les pièces à l'appui de ce que nous avons avancé dans cet opuscule. On fera voir, en outre, que le protestantisme en détruisant l'unité par ses principes du LIBRE EXAMEN, a perdu sa force morale; qu'au lieu d'avoir été une porte de liberté et d'égalité pour les peuples, comme l'a prôné une philosophie à vues courtes, il a été une œuvre de destruction; que tous les vrais principes que la philosophie et la réforme ont fait prévaloir en faveur de l'humanité, ils les ont empruntés au catholicisme hors duquel il n'y a ni vérité, ni sagesse, ni progrès, ni lumières, ni espérance, ni vie pour les intelligences. Lui seul a mission de mettre un frein salutaire aux écarts de la raison humaine, qui ne trouve ni fond ni rive, quand elle veut sonder l'abîme des choses. Au lieu d'être favorable au despotisme et à l'asservissement des peuples, on prouvera que ses principes sacrés et immuables prêtent le plus ferme appui au développement et à la conservation de la vraie liberté et de toutes les institutions qui tendent au bonheur de l'humanité, et que la mobilité des principes de la réforme ouvre au contraire la porte à toutes les erreurs. Ce qui se passe actuellement dans les sociétés poli-

tiques comme dans la société religieuse, en fournirait seul des preuves suffi-
santes. On fera observer que dans les états protestants, même dans ceux
où les idées de la philosophie moderne ont le plus pénétré, on y a
toujours trouvé et on y trouve encore le règne de la féodalité et du
privilége aristocratique qui n'est le plus souvent que la personnification
de l'orgueil, de l'égoïsme et du despotisme le plus tenace, le plus propre à s'incruster, à se cristalliser sur les pays qui se disent libres. Les
premiers réformateurs ont pu faire vibrer les passions d'un siècle et
appeler à eux quelques groupes populaires, pour détruire, il n'est besoin que d'enthousiasme et d'ivresse, à quoi la multitude est si malheureusement portée ; mais ils n'ont pas eu le don de parler à l'humanité.
Pour cela, ils ne devaient avoir en vue que de dissiper certains brouil-
lards qui étaient venus ternir l'ancien éclat du catholicisme, et prendre pour point de départ l'evangile, mais l'évangile prêché et pratiqué, l'amour
des hommes et non la haine du pape, la charité enfin. (L'ÉDITEUR.)

*L'homme qui aime la vérité ne doit fonder ses opinions que
sur des idées claires et distinctes, lesquelles doivent toujours
résulter d'une longue réflexion. Sans songer que nous devons
tous nous défier de notre jugement, parce qu'il est de la nature
de l'homme de se tromper, chacun croit, en général, ses idées
meilleures que celles des autres. Dans l'intérêt commun, l'homme
a donc un devoir à remplir en tout sujet possible, c'est de ne pas
tenir à ses opinions d'une manière absolue, considérant en outre
que les moyens de communiquer sa pensée, ont été donnés par notre père commun à l'être pensant, dans le but de travailler à
notre bonheur réciproque, je serai si non prêt, du moins toujours
disposé à rendre compte de mes opinions et à les soutenir de
vive voix ou par écrit, jusqu'à ce que des arguments plus forts
me les fassent abandonner. Je préviens donc les théologiens et
les médecins qui auront dans l'intérêt de la chose, qui est celui
des peuples, des arguments propres à détruire mes pensées, à
les rectifier ou à les affermir, de me les adresser franc de port.
J'essaierai d'y répondre, pourvu que ces arguments ne se res-
sentent point du fanatisme, qu'ils respirent conviction, amour
du vrai, et qu'ils soient signés de leur auteur.*

D.ʳ BADEL (AMI), de Genève,
Habitant à Chancy, canton et république de Genève.
1.ᵉʳ octobre 1838.

ANNONCE DE L'ÉDITEUR.

LE DOGME

DE LA CONFESSION

Vengé

Des attaques de l'Hérésie et de l'Incrédulité.

Venite ad me omnes qui laboratis et onerati estis, et ego reficiam vos. **J.-C.**

Tel est le titre d'un traité complet sur la confession que nous publierons dans quelque temps, ouvrage où l'on prouve l'institution divine de ce sacrement, ses bienfaits, ses salutaires effets, sa nécessité, et où l'on traite du sceau inviolable de la confession, etc., et de toutes les objections faites jusqu'à ce jour. Ces *réflexions* que nous publions peuvent servir d'introduction ou du moins faire connaître les motifs et l'esprit qui dirigent la plume de l'auteur. Ce traité renfermera trois parties. Dans la Ire partie, la confession sera envisagée sous le point de vue philosophique; on montrera par des arguments convaincants, que la raison doit admettre cette pratique; que la confession pratiquée, comme l'enseigne le christianisme, procure le repos, la tranquillité, le bon ordre de la société, le bonheur des familles, la paix de chaque individu, et qu'elle est infiniment au-dessus des épanchements de l'amitié; on résoudra les objections que l'incrédulité tire de la raison pour rejeter la confession comme une chose trop hufruiliante, trop dure même pour le pécheur qui a bien meilleur compte de ne se confesser qu'à Dieu seul.

La seconde partie sera toute consacrée à prouver le dogme de la confession, par les paroles mêmes de J. C. qui a fait briller sa sagesse en attachant la grâce de la réconciliation à un acte qui est tout dans le cœur et les besoins de l'homme. Les preuves seront tirées de l'Écriture Sainte, de l'autorité des Pères, des conciles et de toutes les raisons apportées par les meilleurs auteurs qui ont écrit sur ce dogme et dont on donnera des extraits ; on montrera combien les protestants ont peu raisonné et montré peu de sagesse en méprisant, en rejetant une pratique qui a sa source dans le christianisme tel que J. C. l'a établi.

La troisième partie est consacrée à un aperçu historique sur la confession et à des dissertations analogues au sujet. Ce coup-d'œil historique fera voir que la confession remonte à la plus haute antiquité ; qu'elle n'était point inconnue aux païens et surtout aux Juifs, lorsque J. C. y attacha une grâce spéciale et qu'il en fit un précepte. L'auteur cite les témoignages des protestants et des philosophes qui ont rendu hommage à ce dogme.

Cet ouvrage fait voir qu'il n'y a aucun point de foi ou de discipline sur lequel la tradition soit plus constante et mieux établie. Enfin l'auteur fait voir que tous les raisonnements et preuves qu'il apporte en faveur de la confession, peuvent également être avancés avec la même force en faveur des dogmes et des pratiques de l'église rejetés par la réforme. Pour préserver ses lecteurs contre certaines erreurs et contre les insinuations de certains esprits prévenus ou blessés, l'auteur s'est livré à des considérations générales sur la réforme, dans une dissertation particulière, afin de constater la certi-

tude des faits qui servent de base à ses jugements et qui dirigent sa méthode de discuter ces questions si difficiles et si dé-
licates , à cause de la susceptibilité des esprits. (1)

En prétendant revenir à la foi primitive, la réforme s'en
est précisément écartée. Le fait est si certain qu'il a été aperçu
par un grand nombre de ses plus habiles docteurs, et qu'il
suffirait de leurs témoignages particuliers pour prouver que
la réforme et la primitive église sont incompatibles, et pour
établir chacun des dogmes de l'église romaine, rejetés par
elle comme entachés de nouveautés. (2) Nous nous expli-
quons très - naturellement les méprises et les erreurs de fait
dans lesquelles la réforme a donné. L'imprimerie était encore dans son enfance. La plus grande partie des monuments
de l'église, des ouvrages des pères, n'avait pas encore vu le
jour. Les bibliothèques ne contenaient presque que des manuscrits souvent incorrects, toujours pénibles et longs à dé-

(1) On trouvera cet ouvrage chez les mêmes libraires où il y a dépôt de
ces RÉFLEXIONS. L'auteur espère pouvoir s'occuper plus tard de la publication d'un autre ouvrage à la portée de toutes sortes de lecteurs , et dont le but
sera de justifier la morale catholique et de la venger des attaques des protestants et des philosophes.

(2) Voici un extrait de la déclaration que fit avant sa mort la duchesse
d'Yorck , sous Charles II , des raisons qui l'avaient portée à embrasser la
religion catholique. « J'ai voulu , y dit-elle , conférer de ces matières avec
» les deux plus habiles évêques que nous ayons en Angleterre , et tous deux
» m'ont avoué ingénument qu'il y a bien des choses dans l'église romaine
» qu'il serait à désirer que l'église anglicane eût toujours conservée , comme
» la confession qu'on ne saurait désavouer que Dieu même n'ait commandée,
» et la prière pour les morts , qui est une des plus authentiques et des plus
» anciennes pratiques de la religion chrétienne : que , pour eux , ils s'en ser-
» vaient en particulier sans en faire une profession publique, etc. »

chiffrer. Les liturgies orientales, monuments si précieux, si instructifs, étaient totalement ignorées et n'ont cessé de l'être qu'un siècle plus tard.

Mais peu à peu, tous ces ouvrages furent imprimés. Des hommes d'un travail infatigable, guidés par les règles d'une critique saine et judicieuse, en redonnèrent ensuite des éditions plus correctes qui furent dans la main et sous les yeux des docteurs de tous les partis. Tous y cherchèrent les dogmes de leur communion ; la rivalité anima leurs études et produisit de part et d'autre des traités nourris de la science ecclésiastique, et pleins de la belle antiquité.

Pour juger la réforme avec impartialité, l'auteur a tâché de se transporter au milieu des hommes de l'époque, et en les jugeant, il leur tient compte des préjugés de leur siècle, des circonstances qui les ont dominés, de l'influence que leur éducation, leur position, leurs passions ont dû exercer sur leurs principes et leur conduite. Instruit par le témoin des temps, le flambeau de la vérité à la main, il réduit tous les hommes à leur mérite personnel, afin d'apprécier leurs caractères, leurs vices et leurs vertus. Ni les réformateurs eux-mêmes, ni aucun de leurs adhérents, ne savaient dans l'origine ce qu'ils voulaient réellement. Tous frappés par des idées obscures, tous entraînés par des motifs différents plus ou moins dissimulés, se sentaient pénétrés d'un enthousiasme aveugle qui les empêchait d'étudier le passé et de prévoir l'avenir. Entraînés par un mouvement impétueux, ils prenaient des décisions avant d'avoir réfléchi. L'auteur ne se dissimule non plus ni les abus, ni les maux qui affligeaient l'église. Il ne conteste point que la réforme des abus ne fût un besoin de l'époque senti par toutes les âmes animées de l'esprit de Dieu ; mais il ne trouve aucun prétexte légitime, ni même plausible pour excuser le schisme. Il fait une large part à l'ignorance et démontre que, quelqu'habiles qu'on veuille supposer les réformateurs, pour le temps où ils vécurent, ils ne furent pas à portée d'acquérir sur l'antiquité chrétienne des connaissances justes et étendues; que ce fût moins leur faute que celle de leur siècle.

Il n'est donc pas étonnant que la réforme, en se vantant de dissiper les ténèbres, en fut elle-même couverte, et que, s'avançant toujours dans l'obscurité, elle soit sortie de la route, et que, cheminant à part, elle ait fait tant de faux pas, de bévues et de méprises. Il est vrai que par la contestation, elle a aiguisé les esprits, provoqué le travail, amené la science ecclésiastique, accéléré le progrès de la lumière; mais aussi cette lumière la tue, et l'éclat qui en rejaillit a mis en évidence la fausseté de ses allégations; et il est démontré qu'elle n'a pas élevé un différend de quelqu'importance où l'erreur ne soit de son côté. Il ne faut pour s'en instruire aujourd'hui, qu'un peu d'application et beaucoup de candeur.

Comment peut-il donc se faire qu'aujourd'hui encore des journaux, des sermons, des pamphlets, des traités fourmillent en Angleterre, en Suisse, en France où l'on fait les mêmes accusations contre l'Église romaine? (1) Ces

(1) Combien n'y a-t-il pas eu de personnages qui, nés et nourris dans les communions protestantes, accoutumés à n'entendre parler que des erreurs, des superstitions, des idolâtries de l'église romaine, amenés ensuite par circonstances à examiner de près sa doctrine, ses principes, son culte, en ont reconnu la pureté, la conformité avec la pratique et la foi primitives, ont déposé leur haine contre elle avec les préjugés qui ne s'étaient accrédités

imputations dénuées de réalités et de preuves, et qui ont pris leur origine dans l'ignorance, dans l'aigreur, dans la haine qu'inspire toujours l'esprit de parti, et dans le malheureux intérêt qu'on avait d'étendre et de soutenir la défection, retombent sur ceux qui les ont inventées, et ne justifieront jamais la rupture. Que penser d'un pareil procédé?

Pour prouver que toutes les accusations contre l'église romaine étaient inadmissibles, et pour ne pas entrer dans des détails qui dépasseraient les limites que nous nous sommes prescrites et qui ne sont qu'accessoires au sujet que nous traitons, nous nous contentons d'une seule observation à la portée de tous les chrétiens tant soit peu instruits, et qui recherchent de bonne foi quelle est la véritable église. Qui sont ceux qui ont osé accuser l'église de nouveauté dans le dogme, d'erreur dans la doctrine, de superstition dans la pratique, d'idolâtrie dans le culte? qui sont-ils? il est essentiel de le remarquer.

En tête de tous paraît un religieux augustin, *Luther;* puis *Carlostadt*, archidiacre; *Mélancthon*, professeur de langue grecque; tous trois à Wittemberg: à leur parti accoururent bientôt *Æcolampade,* moine de St Laurent, près d'Augsbourg; un *Munster*, cordelier; un *Bucer*, dominicain; et le fameux *Muncer* qui, de disciple, devint le chef forcené des anabaptistes: voilà pour les premiers luthériens.

En Suisse, *Zuingle*, curé de Claris. En France, à Genève et en Suisse, le jeune curé de Pont-l'Evêque, près de Noyon, *Calvin;* Théodore de *Bèze*, poète latin et prieur à Longju-

dans leur esprit que par de fausses représentations et imputations calomnieuses, ont fini par se ranger au nombre de ses enfants, et la défendre, la venger des erreurs et des crimes dont ils l'avaient eux-mêmes si long-temps accusée?

meau; Pierre, *Martyr*; Florentin, sorti du chapitre régulier de Saint-Augustin, accouru d'Italie avec Ochin, général des Capucins, pour dogmatiser en Suisse, puis à Strasbourg, puis en Angleterre, puis encore en Suisse où il mourut: voilà pour les calvinistes.

En Ecosse, Knox, moine, prêtre et ensuite disciple fougueux de Calvin, dont il va porter les principes dans sa patrie, où il met tout en feu; le comte de Murray, frère naturel et très-dénaturé de Marie Stuart, passé de son couvent de Saint-Andrew à la régence du royaume; Buchanan , l'ingrat calomniateur de Marie Stuart: voilà pour les presbytériens. Enfin, pour réformateurs de l'Angleterre, nous apercevons une chambre des pairs, à l'exception de plusieurs lords et de tous les évêques; une faible majorité de la chambre des communes, avec la reine Elisabeth et son conseil.

Or, que voyons-nous dans les personnages que nous venons de vous nommer? nous ne touchons point ici aux motifs personnels d'ambition, d'intérêt, de cupidité : nous laissons à part les passions, les mœurs et la conduite de ces ardents fabricateurs de réforme, qui n'offrent rien moins que d'apostolique: nous ne parlons pas des jugements que les premiers réformateurs ont portés les uns des autres; car, à nous en tenir à leurs propres jugements, nous ne saurions nous défendre de les regarder comme des êtres odieux, soit qu'ils se soient rendus mutuellement justice, ou qu'ils se soient calomniés entr'eux: le seul point sur lequel ils s'accordent est de se dénigrer, se condamner les uns les autres; et il n'est que trop certain que ce point, commun à tous, est aussi le seul sur lequel ils aient tous raison.

Mais nous le demandons, qu'étaient donc ces personnages dans la hiérarchie ecclésiastique? Est-ce bien eux que J.-C. avait en vue, quand il disait: *Allez, instruisez toutes les nations.... je suis avec vous jusqu'à la fin du monde?* Est-ce à eux qu'il a dit: *Qui vous écoute, m'écoute, qui vous méprise, me méprise?* Était-ce à eux qu'il annonça son Esprit Saint, qui viendrait les instruire de toute vérité? mais puisque ces hautes et magnifiques promesses ont été faites aux apôtres et à leurs successeurs; puisque les apôtres et après eux les évêques seuls ont, dans tous les temps, gouverné l'Eglise, décidé les controverses, déclaré en juges ce qui a été révélé, ce qui ne l'a point été, il était facile et simple de fermer la bouche aux novateurs, en leur répondant de toute part unanimement:

« Qui êtes-vous pour trancher sur la doctrine, pour déci-
» der que tel dogme est une erreur, telle discipline une
» corruption, telle pratique une idolâtrie, et pour ordon-
» ner une scission dans l'Eglise? vous n'êtes, vous, que des
» laïques, de simples fidèles; vous, que des ecclésiastiques
» d'un ordre inférieur. La décision ne vous va point ni
» aux uns, ni aux autres: elle arrive de plus haut. Parlez
» de vos plaintes, exposez vos doutes, à la bonne heure;
» mettez au jour vos raisonnements sur les matières qui
» vous choquent et vous scandalisent; sollicitez, pressez,
» si vous le voulez, vos supérieurs dans l'ordre spirituel,
» vos juges les évêques, de les examiner; mais attendez
» avec respect leur jugement, et recevez-le avec soumission,
» car tel est l'ordre de Dieu, et l'obéissance est votre devoir,
» votre partage en religion. »

Au lieu de cette marche chrétienne et canonique, on les voit dédaigner l'autorité de tous les évêques du monde, s'en arroger à eux-mêmes une suréminente, renverser l'ordre du divin législateur, mettre à sa place l'anarchie; prêcher, commander la séparation, déchirer en pièces le

corps de J.-C. ; et voilà ce qu'ils ont appelé une réforme.
Qu'on lui donne tel nom qu'on voudra, il est plus clair
que le jour qu'une pareille réforme portera éternellement
sur le front le caractère de le révolte, et dans la tache
ineffaçable du schisme le signe de la réprobation (1).

(1) Ce ne sont point les erreurs qui constituent l'hérésie, mais bien l'opi-
niâtreté qu'on met à y rester obstinément attaché; ce qui a fait dire à saint
Augustin: « Je puis errer; mais je ne serai jamais hérétique. » Les catholiques ne balancent point à mettre, avec cette grande lumière de l'Eglise, une
différence totale entre ceux qui ont fondé une hérésie et ceux qui, nés depuis
dans son sein, o it involontairement sucé l'erreur avec le lait; à regarder les
premiers comme rebelles à l'autorité divine de l'église, les seconds sans fiel
contre elle, pour la plupart, et sa is obstination contre ses décrets, qu'ils ne
connaissent même point; et à croire que ces derniers, sans appartenir au
corps de l'Eglise, appartiennent à son âme; à penser avec le même docteur
que l'Eglise se donne des enfants, et par son propre sein et par celui de ses
servantes, c'est-à-dire des communions étrangères : GENERAT PER UTERUM SUUM
ET PER UTEROS ANCILLARUM SUARUM; que, par conséquent, le ciel se forme des
élus dans les sociétés hérétiques, par les grâces particulières qu'il lui plaît
d'accorder. Ils maintiennent volontiers encore avec le même Père, « qu'un
» homme imbu de l'opinion de Photin touchant J.-C., croyant que c'est la foi
» catholique, ne doit point être appelé hérétique, à moins qu'après avoir été
» instruit, il n'ait mieux aimé résister à la foi catholique que de renoncer à
» l'opinion qu'il avait embrassée. »
Enfin, ils admettent avec saint Augustin: « qu'il ne faut point ranger parmi
» les hérétiques ceux qui cherchent soigneusement la vérité, et qui sont
» disposés à la recevoir dès qu'ils l'apercevront. » Sur ces principes, le
savant évêque Challonner enseigne que « si l'erreur vient d'ignorance invin-
» cible, elle excuse du péché d'hérésie, pourvu qu'avec sincérité, et sans
» égard aux intérêts humains, l'on soit prêt à embrasser la vérité dès l'instant
» qu'elle se présentera.»
Les catholiques adhèrent volontiers à cette conclusion du judicieux et pro-
fond Nicole: « Il est donc vrai que, selon tous les théologiens catholiques, il
» y a grand nombre de membres vivants et de véritables enfants de l'Eglise,

» dans les communions séparées d'elle; puisqu'il y a tant d'enfants qui ne
» font toujours une partie considérable, et qu'il y en pourrait avoir aussi
» parmi les adultes, quoiqu'elle n'y ait point d'égard, parce qu'elle ne les
» connaît point. »

Ils maintiennent avec les habiles théologiens de l'université de Paris, « que
» les enfants, ni les simples ne participent ni à l'hérésie, ni au schisme; qu'ils
» en sont excusés par leur ignorance invincible de l'état des choses ;... qu'ils
» peuvent, avec la grâce de Dieu, mener une vie pure, innocente ; que
» Dieu ne leur impute point les erreurs auxquelles ils sont attachés par une
» ignorance invincible ; qu'ils peuvent ainsi appartenir à l'âme de l'Eglise
» avec la foi, l'espérance et la charité. »

Enfin, laissant à part certains esprits chagrins et mal informés, les catholiques aiment à répéter, sur le plus grand nombre des personnes qui vivent
dans le schisme et l'hérésie, ce que disait autrefois Salvien des Goths et des
Vandales amenés au christianisme par les Ariens : « Ils sont hérétiques sans
le savoir : ils errent ; mais de bonne foi : » QUALITER PRO HOC FALSÆ OPINIONIS
ERRORE, IN DIE JUDICII PUNIENDI SUNT, NULLUS POTEST SCIRE, NISI SOLUS JUDEX.

La religion apprend aux catholiques à juger les doctrines, et leur interdit
de juger les personnes. En conséquence, ils maintiennent les principes et se
défendent de condamner ceux du dehors: ils les remettent au jugement de
Dieu. Seul, il connaît le fond des cœurs et les grâces qu'il leur accorde ;
seul, il peut lire les dispositions actuelles des âmes qu'il appelle à son tribunal.

Cette doctrine, conforme à l'esprit du christianisme, montre d'autant
mieux l'étendue de la catholicité qu'elle ne permet point de lui assigner des
bornes. Elle justifie aussi pleinement les catholiques de cette inimitié, de cette
humeur intolérante que l'on se plaît à leur supposer.

TUNC DEMUM VOS SPIRITUM SANCTUM HABERE
COGNOSCITE, QUANDO MENTEM VESTRAM, PER SINCERAM
CHARITATEM, UNITATI CONSENSERITIS HOERERE.

S. Aug. T. V. serm. XXI, de Pentec.

D. C. Ed.

FIN.

ERRATA. A la page 15, ligne 20: se dissipera, lisez : SE DISSIPERONT.
— Page 48, ligne 26 : qu'il importe, lisez: QU'IL EMPORTE.

Milton Keynes UK
Ingram Content Group UK Ltd.
UKHW040654231024
449953UK00005B/33